Gospa – Narben auf meinem Herz

Simona Simic

Gospa – Narben auf meinem Herz

Ein biografischer Roman

Bibliografische Information der Deutschen Nationalbibliothek:

Die Deutsche Nationalbibliothek verzeichnet diese Publikation in der Deutschen Nationalbibliografie; detaillierte bibliografische Daten sind im Internet über http://dnb.dnb.de abrufbar.

© 2019 Simona Simic, Ludwigsburg

1. Auflage, 2019

Cover und Lektorat: Rita Brandenburger-Schift

Herstellung und Verlag: BoD - Books on Demand

ISBN:

VORWORT

Liebe Leserin, lieber Leser!

Es war mir ein Bedürfnis, die Höhen und Tiefen meines Lebens aufzuschreiben. Dieses Buch ist meine Therapie. Ich versuche damit alles Schlechte und Schlimme, was ich erlebt habe, zu vergessen. Ich wünsche mir, dass die Leute, die dieses Buch lesen, etwas lernen: Schmerz und Trauer können krank machen. Und, wir müssen immer jemanden finden, mit dem wir über alles sprechen können, erzählen, was wir auf dem Herzen haben! Mit meiner Biografie möchte ich mein Herz heilen.

Das Leben ist ein endloser Kampf. Der Glaube an den lieben Gott hat mich immer begleitet, hat mir immer Kraft gegeben.

Simona Simic ist ein Pseudonym. Ich habe allen realen Personen im Buch zu deren Schutz neue Namen gegeben. Außerdem bitte ich Sie zu bedenken, dass die deutsche Sprache für mich eine Fremdsprache ist. Alles was sie lesen, ist echt und auch die Grammatik nicht einwandfrei. So wie das Leben selbst.

Ihre Simona Simic

1. Kapitel

Ich bin Gospa. Geboren in Bosnien und Herzegowina, in der Republik Serbien, im Dorf Blatnica. Es gehört zum Weiler Njivarak und liegt unweit der Gebirge Jezero und Mahnjača. Dieses Gebiet ist durch seinen Käse, der in Blatnica hergestellt wird, bekannt. In dem kleinen Holzhaus, in dem ich geboren wurde, gab es keinen Strom, kein fließendes Wasser, nicht einmal Möbel. Überaus beschenkt wurde ich mit der Liebe meiner Eltern. Überhaupt galten Kinder als Gottes Segen. Mein Vater arbeitete als Holzhacker mit geringem Einkommen. Meine Mutter war Hausfrau, die sich überaus bemühte, damit wir überlebten. Sie erzog uns Kinder und übernahm sämtlichen Hausarbeiten. Landwirtschaftliches gehörte ebenso dazu, wie etwa Wolle spinnen, Weben und Nähen, um für unsere Kleidung zu sorgen.

Seit ich denken kann, hat meine Mutter mir Nützliches beigebracht. Meine Eltern waren sehr gläubig, auch das haben sie auf uns Kinder übertragen. Als jüngstes Kind haben mich alle geliebt. Ich erinnere mich gerne daran, wie meine Mutter mit mir in die Kirche gegangen ist. Während der Ferien und sonntags. Für mich war das interessant, weil ich viele Leute gesehen und vom Priester Geschenke bekommen habe. Die Leckereien und Schulhefte waren in meiner Familie Luxus. Erst mit 10 Jahren bin ich in die erste Klasse gekommen, weil die Schule nicht genug Tische und Stühle für alle Kinder zur Verfügung hatte. Die meisten Kinder meines Jahrgangs 1958 sind ungebildet geblieben. Mein Vater wollte das für seine Kinder nicht akzeptieren, deshalb schickte er mich in die Schule. Ich war sehr froh darüber und freute mich auf jeden

Schultag. Ich liebte es, in die Schule zu gehen. Zudem war ich stets folgsam, sowohl in der Schule als auch zu Hause, und ich bekam gute Noten. Einmal sollte ich sogar, weil ich eine der besten Schüler war, mit einer Fahrt ans Meer belohnt werden. Leider konnte ich nicht verreisen, weil ich meiner Mutter bei der schweren Arbeit helfen musste. Ich bemerkte oft, wie sie schwitzte vor Erschöpfung, jedoch zeigte sie das nie. Bei allem was sie tat und wo sie hinging, hörte ich, wie sie betete. Als der Vater abends von der Arbeit kam, erwartete sie ihn mit einem Lächeln. Ich hatte wunderbare Eltern.

Nachdem ich die vierte Klasse beendet hatte, begann ich mit einer Ausbildung. Meine Eltern hatten einen enormen finanziellen Aufwand, um mir das ermöglichen zu können. Sie bezahlten meine nötige Ausstattung mit dem Verkauf einiger Schafe. Ich kaufte mir nur das Notwendigste und die Bücher kriegte ich von meinen Verwandten. Die Schule lag acht Kilometer entfernt und es gab keine Transportmittel dorthin. Wir Mitarbeiter, die besonders weit fort lebten, sind immer in der ersten Schicht angetreten. Um 15 Uhr musste ich schon zu Hause sein, damit ich die Schafe nach draußen treiben konnte. Meine Hausaufgaben habe ich auf der Wiese erledigt. Jeden Morgen bin ich um fünf Uhr aufgestanden, und es war nicht der Wecker, der mich geweckt hat, sondern die Stricknadeln meiner Mutter. Zu dieser frühen Stunde hatte sie schon ein paar Socken gestrickt, später noch Handschuhe und einen Pulli, damit ich genug anzuziehen hatte. Meine Mutter hat mir beigebracht, dass ich nach dem Aufstehen mein Gesicht waschen soll, dann beten und erst dann frühstücken; so hat jeder Tag begonnen. Je älter ich wurde, desto bewusster erlebte ich diese Rituale, die mir früher immer selbstverständlich waren.

Eines Tages haben uns die Lehrer benachrichtigt, dass die serbischen Kinder nicht mehr in die Kirche dürfen. Wenn uns jemand dort gesehen hätte, hätten wir schlechte Noten bekommen. Auch hat man uns gesagt, dass es keinen Gott gebe und der Glaube nur Erfindung sei. Wir alle stammten aus Serbien, Montenegro und Mazedonien. Zu der Zeit herrschte Kommunismus und viele haben auf den Glauben verzichtet, damit sie bessere Arbeitsplätze bekamen. Aber bei mir hat das bewirkt, dass ich noch mehr an Gott geglaubt habe, das haben mich meine Eltern gelehrt. Und ich bin weiterhin in die Kirche gegangen, ohne dass es jemand wusste. Besonders gerne habe ich Lieder für den Heiligen Sava gesungen. Ich habe immer geglaubt, dass mich der liebe Gott hört. Manchmal habe ich meine Mutter oder meinen Vater gefragt, warum wir nicht mehr in die Kirche gehen und warum es bei den katholischen oder muslimischen Kindern anders war. Sie wollten mir nicht die Wahrheit sagen, aus Angst vor den Kommunisten. Heute weiß ich, diese Leute sind von dem damaligen Präsidenten akzeptiert worden, aber die Bauern, die mit anderen Religionen lebten, waren nur von der Kirche anerkannt. Auch aus diesem Grund haben alle in diesen schwierigen Zeiten gebetet, weil sie so Trost fanden.

Es ging Jahr für Jahr so und bald hatte ich die achte Klasse beendet. Ich sollte nun einen Beruf für meine Zukunft aussuchen. Meine Eltern wollten, dass ich weiter die Schule besuche, aber die Realschule war sehr teuer. Schon in der Grundschule konnten sie sich nur die notwendigsten Sachen leisten. Meine Turnschuhe waren alt und hatten durchgelaufenen Sohlen, meine Hosen waren geflickt, wegen solcher Sachen habe ich mich vor meinen Freunden geschämt. Ich war bald in der Pubertät und es war mir nicht egal, wie ich vor jungen Männern herumlief. Zu dieser Zeit haben sich Jugendliche nicht offen durchgesetzt und weibliche Kinder verließen üblicherweise in dem Alter die Schule. Ich konnte mir damals nicht vorstellen, auf dem Dorf zu bleiben, um mich, wie meine Mutter und Vater, von morgens bis abends abzuschuften. Mein Vater hat mich auf die Realschule geschickt, in eine medizinische Schule in Doboj. Das war eine schwierige Zeit für mich, jedoch zeigte ich das meinen Eltern nicht. Ich ging das erste Mal in die Stadt, und das erste Mal sollte ich alleine wohnen. Ja und das erste Mal war ich von meinen Eltern getrennt. Wenn ich an die schwere Zeit zurückdenke, tut mir das heute noch weh. Mir war alles neu, die große Stadt, die andere Schule, sogar die Kultur. Die neue Schule war besser als meine alte auf dem Dorf. Die Schüler gehörten unterschiedlichsten Religionen an. Als ich dort hingekommen bin, hatte ich das Gefühl, ich sei aus dem Himmel gefallen, weil ich niemanden kannte. Meine ältere Schwester Sofi hatte mir eine Wohnung bei einer Frau besorgt. Die Miete zahlte am Anfang mein Bruder, der selbst noch in die Schule ging. In der Wohnung lebten außer mir noch zwei Frauen. So begann für mich ein neues Leben. Meine Mitbewohnerinnen waren reich und haben nicht gearbeitet. Damit ich dort weiter wohnen konnte, habe ich alles gemacht, was die anderen von mir verlangt haben. Meinen Eltern habe ich davon nichts erzählt, damit sie sich nicht keine Sorgen machten. Mit der Zeit haben mich meine Mitbewohner derart herumkommandiert, dass es kaum mehr auszuhalten war. Dazu war die medizinische Schule zu teuer, sodass ich alles hinschmeißen wollte. Mit einem Job könnte ich selbst Geld verdienen, überlegte ich mir. In einem Modehaus gab es eine Ausschreibung. Dort suchten sie Frauen, die an einem Nähkurs teilnehmen und damit dort Arbeit bekämen. Also habe nach sechs Monaten die medizinische Schule beendet und mich in dem Unternehmen beworben.

Es gab viele Bewerberinnen, trotzdem habe ich einen Platz bekommen. Sechs Monate sollte der Kurs dauern und derjenige, der die Kriterien erfüllen konnte, würde Arbeit bekommen und den ersten Lohn. Für mich war es wichtig, die strengen

Bedingungen zu erfüllen, ich wollte diesen Job unbedingt, auch damit ich meine Eltern unterstützen konnte. Ich hatte Glück und nach nur zwei Monaten setzte mich der Chef in die Produktion ein.

Eines Tages wurde ich zum Direktor gerufen. Ich hab geschwitzt vor Angst und betete zum lieben Gott, dass er mir beisteht und ich nicht entlassen würde. Der Direktor war ein schrecklicher Mann, mit einem langen Bart und einem säuerlichen Gesichtsausdruck, alle hatten Angst vor ihm. Ich war blass, als ich vor in trat und er mir sagte, dass ich mich setzen soll. Der Direktor fragte mich, ob ich ahnen würde, warum ich dort sei. Leider nein, sagte ich. Daraufhin ist er aufgestanden, hat den Schrank mit den Unterlagen der Arbeiter aufgemacht und einen braunen Umschlag herausgenommen. Er gab in mir und sagte, ich solle ihn aufmachen. Mir war zum Weinen zumuten, denn ich dachte, das sei die Kündigung. Langsam öffnete ich das Kuvert. Und was für eine Überraschung, es kam Geld zum Vorsein und meine Lohnliste. Verdutzt sah ich den Direktor an und fragte, um was es sich dabei handele. Er gab mir die Hand und sagte: Ab jetzt arbeiten sie unbefristet hier. Er meinte dazu, dass ich die Jüngste aber dennoch die beste Arbeiterin sei. So habe ich meinen ersten Lohn bekommen. Ich bedankte mich bei ihm und war super glücklich. Anschließend machte ich mich sofort wieder an die Arbeit.

Während ich an der Nähmaschine arbeitete, dachte ich daran, wie ich meine Mutter erfreuen und was ich ihr von meinem ersten Lohn kaufen würde. Später erstand ich Stoff für das Geld, nähte daraus einen Rock und eine Bluse und schenkte beides meiner Mutter. Dazu gab ich ihr Geld, damit sie in die Kirche gehen und beten könnte. Ich konnte damals kaum das Wochenende erwarten, an dem ich in mein Dorf gehen und meine Eltern und Nachbarn besuchen würde. Meine Eltern waren sehr froh über die Neuigkeit. Und ich freute mich, als ich die Geschenke auspacken und verteilen konnte. Meinem Vater habe ich Getränke mitgebracht, mit dem wir meinen Arbeitsbeginn feierten. Meine Mutter küsste und segnete mich für ihre Geschenke und ich fühlte mich glücklich, weil sie sich freuten. Ich habe meine Eltern stets sehr geliebt und ich habe mich immer bemüht, nichts zu tun, was sie verletzen könnte.

Nach der Familienzeit musste ich wieder zur Arbeit in die Stadt aufbrechen und wir nahmen Abschied. Das ging nie ohne Tränen. Ich sehe heute meine Eltern im Geiste vor Augen, wie sie mir winkten, als ob ich nie wieder kommen würde. Wir hatten eine innige Bindung zueinander. Vielleicht auch deshalb, weil sie mich spät bekommen haben. Das ihre Schwiegertochter in ihrer Nähe lebte, hat mich etwas beruhigt. Sie war zwar ein bisschen grob, hatte aber ein gutes Herz. Ich habe meine Eltern geliebt und respektiert so gut ich es konnte.

2. Kapitel

Mit der Zeit passte ich mein Leben an die Stadt an. Mein Charakter änderte sich und ich wurde ernster. Abends blieb ich lieber zu Hause, als auszugehen. Vieles was Frauen dort in meinem Alter gemacht haben, hab ich nicht mitgemacht. Zum Beispiel hab ich mich nicht geschminkt. Oft hatte ich meine Mutter vor Augen, die mir immer gesagt hatte, dass ich mich von schlechten Leuten fernhalten sollte oder von bösen Dinge, die mir einen schlechten Ruf einbringen könnten. Außerdem hatte sie mir gesagt, dass ich meinen Eltern keinen schlechten Ruf bescheren solle. Damals habe sich einige junge Männer für mich interessiert und angesprochen, sogar auf meinem Weg zur Arbeit. Ich war zufrieden, glücklich und habe das Leben genossen, so dass ich überhaupt nicht an Heirat gedacht habe. Mein Ziel war es, einen Mann zu heiraten, mit dem ich glücklich sein könnte, eine Familie gründen und dazu arbeiten könnte. Ich war immer vorsichtig, was Beziehungen angeht, ich wollte keine Fehler machen. Männer vom Land habe ich abgelehnt. Ehrlich erklärte ich ihnen, dass ich nicht auf dem Land leben und meine Arbeit nicht aufgeben wollte.

Eines Tages habe ich eine Beziehung mit einem Mann aus der Stadt angefangen. Er war sehr gutaussehend, hat gearbeitet und ein eigenes Auto besessen. Mit der Zeit wurde klar, dass er ernste Absichten mit mir hat. Er wollte mich heiraten und erklärte das seinen Eltern. Nachdem ich sie kennengelernt hatte, schenkte mir seine Mutter sogar einen Ring. Ich liebte aber meine Freiheit und wollte mich nicht leichtfertig auf etwas einlassen. Außerdem war mein Freund sehr eifersüchtig, was mir Angst machte. Dieses Verhalten hat meine Einstellung zu ihm verändert. Und mit der Zeit wurde er immer anstrengender. Inzwischen hatten seine Eltern alles für die Hochzeit vorbereitet, gleichzeitig wurde eine zweifelnde Stimme in mir immer lauter. Eines Tages, nachdem ich die zweite Schicht beendet hatte, kam er, um mich abzuholen. Meine Wohnung lag nicht weit von der Firma und ich wollte lieber spazieren und lehnte es ab, in sein Auto zu steigen. An einer Kreuzung passte er mich mit dem Auto ab. Er befahl mir, ich solle ins Auto steigen und mit zu ihm nach Hause kommen. Als ich das ablehnte, fing er zu schreien und schimpfen und er fluchte, ich blieb stumm. Total sauer brüllte er, er wolle nicht die schlechteste Frau heiraten. Ich erwiderte ihm, er brauche das nicht. Außerdem weigerte ich mich noch immer, mit ihm vor der Hochzeit zu schlafen. Ich wusste zwar, dass er mich liebte, aber ich wollte keinen Fehler machen. Ich zog meinen Ring ab, gab ihn ihm zurück, drehte mich um und wollte weggehen. Voller Zorn schlug er mich, stieg in sein Auto und fuhr davon. Für mich war diese Beziehung beendet. Und ich war froh, dass ich nichts verloren hatte. Von meinen Freunden habe ich später erfahren, dass er eine andere Frau geheiratet hatte und viel Alkohol trinken würde.

Ich ging weiter meiner Arbeit nach und passte in Sachen Männer gut auf. Damals bin ich gerne mit meinen Freunden spazieren gegangen. An einem sonnigen Tag sind wir an Häusern vorbeigekommen, aus denen uns unbekannte Leute beobachtet haben. Plötzlich kam eine Frau heraus und hielt mich an. Sie wolle etwas mit mir besprechen, sprach sie mich an. Ich ließ mich nicht darauf ein, weil sie mir unbekannt war. Aber als wir das nächste Mal dort vorbei kamen, sprach sie mich wieder an. Sie erklärte mir, dass sie einen Sohn habe und das ich die richtige Frau für ihn sei. Klar antwortete ich ihr, dass ich keine Beziehung wolle. Außerdem sagte ich ihr, ich käme vom Land und passe nicht zu ihrer Familie. Es stellte sich nämlich heraus, das es Kommunisten waren. Solche Leute hatten oft Beziehung zu mächtigen Leuten, die vor nichts zurückschreckten. Danach vermied ich den Weg, um der Frau nicht mehr begegnen zu müssen. Aber Ruhe hatte ich dadurch nicht. Denn bald begann ihr Sohn mich zu verfolgen. Ich bekam Angst. Er war nicht mein Typ und ich kannte ihn nicht. Zu der Zeit hatte er auf einem Schiff gearbeitet. Zunächst hat er versucht, unauffällig zu sein, damit ich nichts merken sollte. Ich konnte damals niemandem davon erzählen. Außerdem war die Verfolgung so anstrengend, dass ich mich zurückzog. Mit der Zeit stellte er mir offen nach und ich erfuhr, dass er Marko hieß. Ich wollte nichts mit ihm haben, ich hatte Angst vor Marko. Dazu wirkte er grob und langweilig. Aber seine Familie ließ nicht locker, selbst seine Schwester Mirjana setzte mich, gemeinsam mit ihm, unter Druck. Ich fragte mich warum die nicht aufgeben wollten und spürte, dass etwas nicht stimmte. Die ganze Familie wirkte unehrlich auf mich.

Als Marko klar wurde, dass ich eine Beziehung mit ihm ablehnte, fing er an, mir zu drohen. Auch das behielt ich für mich. Eines Tages wartete er nach meiner Schicht vor der Firma auf mich. Nur damit er mir keine Szene macht, ging ich mit ihm spazieren. Arglos antwortete ich ehrlich auf seine Fragen über mich. Auch Marko erzählte über sich. Erst später erfuhr ich, das es nicht die Wahrheit war. Er habe früher viel getrunken, das sei aber vorbei. Vier Jahre habe er auf einem Schiff gearbeitet und wolle nun eine Familie gründen und nicht mehr in die Welt fahren. Von Beruf sei er Optiker. Er konnte sich geschickt ausdrücken, trotzdem war ich skeptisch. Und ich erklärte auch ihm, dass ich keine Beziehung mit ihm wollte. Ich liebte ihn nicht, begründete ich meinen Entschluss ehrlich. Allerdings wollte er das nicht akzeptieren.

Marko würde mich lieben, das sei genug. Das war mir nicht geheuer. Irgendetwas musste mit ihm nicht in Ordnung sein. Jedoch hatte er sich ein Ziel gesetzt . . .

3. Kapitel

Am folgenden Samstag besuchte ich wieder meine Eltern und war froh, Marko so ausweichen zu können. Zuhause habe ich die ganze Situation geschildert. Ich erklärte, dass seine Familie Kommunisten seien, die nicht in die Kirche gehen. Meine Eltern meinten, ich solle alleine entscheiden, ob ich auf ihn eingehe, besonders dann, wenn ich ihn lieben würde. Ich bekannte, dass ich das nicht täte, jedoch verschwieg ich, dass Marko mich bedroht hat, falls ich eine Beziehung mit ihm ablehnen würde. Ich sah mich gezwungen, mit ihm etwas anzufangen. Noch mehr, als er am selben Abend bei meinen Eltern aufgekreuzt ist. Er bat sie, sie sollten auf mich einwirken, damit er eine Chance bei mir bekäme. Er hat ihnen so hinterlistig Lügen aufgetischt, dass ihm meine Eltern geglaubt haben. Aber nachdem er nach Hause gegangen war, warnte mich meine Mutter vor ihm. Sie meinte, dass mit ihm etwas nicht stimme, er habe übermäßig Wasser und Kaffee getrunken. Als ich sie fragte, was sie damit meine, wollte sie wissen, ober er Alkohol trinken würde. Früher habe er das gemacht, erklärte ich und dass das jetzt vorbei sei. Erst später kapierte ich, dass seine Familie gelogen hatte, damit er eine Frau zum Heiraten fand.

Nach dem Treffen ging ich wie gewohnt zurück nach Doboj. Schon am ersten Arbeitstag kam er wieder in meine Firma. Ich begann ihn zu hassen, weil er mich einfach nicht in Ruhe ließ. Eines Tages drohte er mir damit, mich zu vergewaltigen. Dann wollte er allen sagen, was für eine Schlampe ich sei, das alles würde er tun, wenn ich nicht mit ihm kommen wolle. Verzweifelt weinte ich in den Nächten und konnte nicht mehr schlafen, weil alles so ausweglos schien. Leider gab es in der Stadt niemanden, dem ich mich anvertrauen konnte. Die Lage wurde noch schlimmer, als er mir erklärte, dass sein Vater mächtig sei und man ihm eher glauben würde, als einer Frau vom Land.

Schließlich war meine Angst so riesig, dass ich mit ihm gegangen bin, ohne irgendwelche guten Gefühle für ihn zu empfinden. Ich begann mit Marko Beziehung, für die ich mich schämte, weil er mir nichts bedeutete. Die Entscheidung ist mir sehr schwergefallen, trotzdem habe ich mir Mühe gegeben so etwas wie eine Partnerschaft mit ihm aufzubauen. Wir waren völlig verschieden. Er ist von seinen Eltern verwöhnt aufgewachsen. Ich habe sieben Geschwister und wusste, was es bedeutet, wenn man notleidet.

Nach ein paar Monate hatte ich immer noch nicht die Absicht ihn zu heiraten. Eines Tages, es war kurz nach der Arbeit, kam er in die Wohnung meiner Schwester Sofi, wo ich mich damals aufhielt. Er verkündete mir, dass seine Schwester Mirjana unsere Hochzeit für Freitag ausgewählt hätte. Mich hatte keiner gefragt. Er befahl mir, ich solle mit ihr das Kleid kaufen gehen. Ich war sprachlos. Markos Familie hatte alles ohne mich organisiert. Ich konnte einfach nicht glauben, dass es so etwas gibt. Und, unglaublich aber wahr, der Freitag kam, meine Hochzeit. Und habe mich allem hilflos ergeben.

Ich hatte nur meine Arbeitskollegin eingeladen, er seine ganze Familie. Die drängten darauf, dass er schnell heirateten sollte. Inzwischen konnten sie seine Alkoholsucht, die nach wie vor bestand, nicht mehr verbergen. Wir haben in seiner Gemeinde geheiratet und sind anschließend zu seinem Haus gegangen. Die Gäste haben gefeiert und er hatte Kopfschmerzen. Sofort nachdem ich sein Haus betreten hatte, merkte ich, dass etwas nicht stimmte. Die Gäste haben gegessen, getrunken und sich amüsiert. Nach dem Fest brachte uns Mile, der

Ehemann seiner Schwester, ins Hotel „Kardinal" nach Banja Vrućica. Dort sollten wir unsere Hochzeitsnacht verbringen. Ich wusste nicht, was mit mir passieren würde. Als wir im Hotel angekommen sind, wollte ich nur weinen. Ich schloss mich ins Badezimmer ein. Er sagte mir, dass ich keine Angst haben brauche und dass er nichts machen würde, was ich nicht wollte. Ich musste aus dem Bad kommen, obwohl ich vor Angst zitterte. Mit Tränen in den Augen legte ich mich ins Bett und schlief ein. Beim Aufwachen bemerkte ich, dass ich nackt war. Was war in der Nacht passiert? Ich konnte mich an nichts mehr erinnern. Ich bemerkte, dass die Nacht für ihn gut gewesen sein musste, aber warum, davon wusste ich nichts mehr.

Nachdem ich aufgestanden und mich fertig gemacht hatte, sind wir nach Doboj gefahren. Meine Schwiegermutter Mara erwartete uns schon zum Essen. Dort angekommen, überreichte ich allen Geschenke. Aber es war seltsam, ich bekam von keinem ein Präsent. Mara rief mich zu sich und erklärte mir deutlich, dass ich ab diesem Tag, egal wo ihr Sohn hinginge, ihn begleiten müsse. Ich wunderte mich und fragte sie, warum das so sei, ich bekam darauf keine Antwort.

Einen Monat nach unserer Hochzeit kam langsam die Wahrheit ans Licht. Marko besuchte oft die Kneipe und kam immer besoffen zurück. Ich beschwerte mich und erklärte ihm, wenn er so weiter machen würde, könne unsere Ehe nicht lange halten. Er lachte nur und gestand, dass er nur so lange nicht getrunken hatte, bis er mich geheiratet hatte. Er wolle sein ganzes Leben lang saufen, brüllte er mich an. Erst in diesem Moment hatte ich wirklich verstanden, in was ich da geraten war. Die ganze Sippschaft hatte mich angelogen! Sie glauben nicht an Gott, sie glauben nur an ihr verdammtes Geld. Was würde da alles auf mich zukommen? Zum Glück wusste ich es damals noch nicht. Aber ich erfuhr zu meinem Entsetzten, die Familie nur ein Ziel kannte: Ich musste mit Marko ein gesundes Kind bekommen.

Weil ich nicht gleich schwanger wurde, soff er erst mal nicht mehr, damit es mit dem Kind besser klappen sollte. Weil das aber auf sich warten ließ, beschimpfte er mich, ich sei Schuld daran. Ich wusste keinen Rat und blieb stumm. Die Zeit verging, und ich hoffte, die schreckliche Atmosphäre würde sich ändern und unser Zusammenleben besser werden. Wir lebten mit seinen Eltern im Haus. Mara wusste über uns bestens Bescheid, Marko erzählte ihr alles über mich und wie ich mich verhielt. Ich fühlte mich wie eine Haushaltshilfe. Ich hatte nichts zu sagen, musste einfach gehorsam sein. Und nach vier Monaten musste ich wieder zum Gynäkologen, um zu sehen, ob es endlich soweit wäre. Er konnte es kaum erwarten, bis ich zurück war. „Ja ich bin schwanger", konnte ich im mitteilen. Ich habe damals nicht gewusst, dass damit mein Leben immer noch schwieriger werden würde. Das wichtigste was, Marko hatte sein Ziel erreicht, wie ich mich fühlte, hatte niemanden interessiert.

Aber etwas Sonderbares passierte, als Mara von meiner Schwangerschaft erfahren hatte, wollte sie mich zwingen, mein erstes Kind abtreiben zu lassen. Und das sollte mein Mann nicht erfahren. Oh Himmel, so etwas könnte ich nie machen, ich glaube doch an Gott! Ich entschied mich dafür, mein Kind zu behalten. Weil ich ihr nicht gehorcht hatte, wollte meine Stiefmutter nicht mehr mit mir sprechen.

Marko veränderte sich negativ, er trank immer mehr Alkohol. Nun, da ich schwanger war, wusste er, dass ich ihn nicht mehr so einfach verlassen konnte. In unserem Haus herrschte Chaos. In diesem Haus gab es keine Segnung, ich spürte, dieses Haus war nichts Gutes. Versteckt im Badezimmer, habe ich zum lieben Gott gebetet, er solle doch bitte bitte auf mich aufpassen und mein Kind gesund auf die Welt bringen. Marko erlaubte mir nicht, zu arbeiten. Manchmal schloss er mich tagelang ins Haus ein. Mara indes hatte den Arzt gerufen, damit er mich krankschrieb und ich meine Arbeit nicht verliere.

4. Kapitel

Marko hatte mittlerweile einen Optikerladen eröffnet. Ich habe ihm dabei finanziell geholfen, mit 3000 DM von meiner Schwester Sofi. Er kaufte, zusammen mit seinem Vater, die Einrichtung für den Laden. Als alles eingerichtet war, fing er an zu arbeiten.

Am 21. 12. 1983 um 14 Uhr und 20 Minuten habe ich mein Kind auf die Welt gebracht. Es war Montag, ein kalter Wintertag und ich lag im Krankenhaus. Ich überlegte mir, wie mein Leben weiter gehen würde. Als die Krankenschwester mir das erste Mal meinen Sohn brachte, war ich völlig bezaubert von diesem kleinen Wesen. Ich musste meinen Sohn immer und immer wieder ansehen. Und ich gab ihm einen Namen – Mihail.

Wir blieben nicht lange im Krankenhaus, weil das Baby und ich zum Glück gesund waren. Allerdings war ich traurig, als ich nach vier Tagen entlassen wurde, weil ich wusste, ich musste zu Marko und seiner Familie zurück. Marko holte uns vom Krankenhaus ab. Sofort nahm er seinen Sohn an sich, endlich hatte er sein Zeil erreicht. Ich ließ sein unsensibles Verhalten geschehen, am wichtigsten war mir, dass das Kind gesund war.

Als wir zu Hause ankamen, begrüßte uns keiner. Mara war sauer, weil ich das Kind geboren hatte. Mein Schwiegervater aber freute sich von Herzen über den Familienzuwachs, er erklärte, dass Mihail sein Erbe sei. Der Schwiegervater war der Einzige in der Familie, der mich respektiert hatte. Ich ging in unser Zimmer, in dem wir schliefen und bemerkte, das darin ein eigenes Bettchen für Mihail stand. Ich legte ihn hinein und setzte mich zu ihm. Am nächsten Morgen war es aus mit der Ruhe.

Mara erklärte mir, sie würden die Schweine schlachten. Dann befahl sie mir, ich solle ein modernes Sommerkleid anziehen und dazu Sommerschuhe, damit niemand merken würde, dass ich ein Kind bekommen habe. Ich sollte chic wirken. Andererseits wurden mir Arbeiten im Haushalt aufgetragen, etwa das Haus putzen, das Kuchenbacken vorbereiten oder ich sollte das gesamte Geschirr abwaschen. Mir ging es nicht gut, ich konnte kaum sitzen und die Leute draußen dachten, ich würde mich im Bett ausruhen. Aber Mara interessierte das nicht und sie führte das Kommando im Haus. Marko beschützte mich nicht davor, im Gegenteil, er wollte es nur seiner Mutter recht machen. Widersprach er, drohte sie ihm mit Konsequenzen. Es war kein wirkliches Familienleben, und Marko redete oft von Fantasien, die nie wahr wurden.

Der erste Tag ging dem Ende zu und wir wollten Abendessen. Mara rief alle Leute, die gearbeitet haben, zu sich und bestimmte, alle sollten sich an ihren Tisch setzen. Diese Frau hatte kein Herz. Ich erklärte, dass ich keinen Appetit habe, das war so, obwohl ich denn ganzen Tag gearbeitet und nichts gegessen hatte. Es war mir fremd, mich mit diesen unbekannten Leuten an einen Tisch zu setzen. Außerdem war es für mich das Sitzen schmerzhaft, aber meine Schwiegermutter interessierte das nicht. Meinem Mann passte mein Verhalten nicht, er beschimpfte mich in unser Zimmer. Ich habe geweint und brav gegessen.

Von da an verlor ich täglich an Gewicht. Ich musste immer dann essen, wenn meine Schwiegermutter es wollte. Außerdem hatte mein Mann mein Geld an sich genommen, ich hatte nichts mehr. Er brauchte es zum Saufen und Rauchen. Eigentlich befand ich mich in Elternzeit und wollte für meinen Sohn da sein. Aber die Familie hat sich das anders gedacht. Sie hatten ihr Ziel erreicht und einen gesunden Erben bekommen. Das hieß, sie wollten sich um „ihren" Kleinen kümmern, mir nahmen sie mein Recht als Mutter. Das war grausam und oft musste ich mich verstecken, weil ich verzweifelt weinen musste. Vor der Familie und den Leuten befahl man mir, froh auszusehen, damit niemand merken sollte, wie es in diesem Haus wirklich zuging. Wie um Himmels willen konnte ich dieser Hölle entgehen? Wenn ich das furchtbare Haus verlassen würde, würde ich mein Kind nicht mehr sehen, und wenn ich bliebe, würde ich krank werden. Ich beschloss zu bleiben, damit ich Mihail so nah wie möglich sein konnte.

Nur meinem Sohn zuliebe bin ich dortgeblieben. Aber man hatte alles versucht, um mich von ihm zu trennen. Mara behauptete, ich hätte ja keine Erfahrung mit Kindern, was mein Mann unterstützt hat. Sie nahmen mir alles aus der Hand, wo sollte das hinführen? Beispielsweise, wenn ich mein Kind angezogen hatte, befahl mir Mara Mihail wieder auszuziehen und ihn mit Sachen einzukleiden, die sie ausgesucht hatte. Außerdem hatten sich mich malträtiert, ich dürfe meinem Sohn nicht mehr die Brust geben. Dabei war er ja erst drei Monate alt, für mich war das viel zu früh zum Abstillen. Ich weinte bitterlich und bat meine Schwiegermutter um erbarmen; sie blieb hart. Mein Mann zwang mich, ich solle Essigsäure trinken, damit meine Milch wegbliebe. Ich weigerte mich, weinte verzweifelt und wollte fliehen. Ich schaffte es nicht und Marko fing an, mich zu schlagen. Ich solle ihm gehorchen, schrie er und ich konnte mich nicht wehren. Also nahm ich die Flasche und trank sie aus. Ich hasste meinen Ehemann so sehr, dass ich ihn nicht mehr anschauen konnte. Seit diesem Moment wollte ich nur noch weg von diesem Haus.

Meine Familie wusste nicht, was mir alles passierte, weil ich keinen Kontakt mehr mit ihnen hatte. Markos Angehörige hatten mich von der Außenwelt abgeschnitten, damit niemand merken sollte, wie ich lebe. Mein Sohn war drei Monate alt und mein Mann machte mit dem Kind, was er wollte, ich konnte nichts dagegen tun. Wenn ich das versuchte, schlug mich Marko. Auch sprach er nicht mehr mit mir, es war unglaublich grausam. Nachts konnte ich nicht schlafen bis er aus der Kneipe heimkam. Wenn ich ihm die Tür öffnete, bekam ich oft Prügel und er war dabei so laut, dass er das ganze Haus weckte.

Marko fing an, die Leute zu betrügen. Immer öfter versprach er den Leuten eine Brille anzufertigen und nahm stattdessen das angezahlte Geld zum Trinken. Mit der Zeit hatte er nur Schulden angehäuft und keiner gab ihm mehr Geld. Er führte sich auf wie ein Herr und die anderen sollten die Zeche bezahlen. Wenn er betrunken war und sauer, zwang er mich, Bares von den Leuten zu kassieren. Wenn ich mich weigerte, verdrosch und vergewaltigte er mich. Ich musste es ertragen, weil niemand meine Situation wahrnahm. Verzweifelt betete ich zum lieben Gott, er solle mir doch bitte bitte Hilfe schicken. Nur der liebe Gott hat das alles gesehen und ist mein einziger Zeuge, das alles so passiert ist.

5. Kapitel

Ich war wieder schwanger. Nachdem ich es Marco gesagt hatte, teilte er es seiner Mutter mit. Mara befahl mir daraufhin, ich müsse das Kind abtreiben, weil in ihrem Haus kein Kind mehr geboren werden dürfe. Ich lehnte das entschieden ab. Ich fragte Marko, was er wolle. Er war abhängig von seine Mutter und Schwester, ohne sie hätte er nicht leben können. Deshalb trafen sie die Entscheidungen für Marko. Ich wartete vergeblich auf seine Antwort. Einige Zeit später, an einem Morgen, befahl er mir, ich solle mich fertig machen, wir würden ins Krankenhaus gehen. Er habe einen Arzt organisiert, der das Ganze erledigen würde. Weil er sich nicht der Familienmeinung widersprechen konnte, wusste er, dass das Kind nicht geboren werden durfte. Ich flehte ihn an, dass wir gehen und unsere eigene Familie gründen sollten. Er wollte es nicht. Mara kam dazu und erklärte nochmals hart, dass in diesem Haus kein Kind mehr geboren würde. Marko schrie mich an und drängte mich zum Gehen. Widerwillig folgte ich mit unruhigem Herzen. In düsterer Stimmung kamen wir beim Arzt an. Marko sprach mit dem Arzt und der sagte mir, ich solle in den Raum gehen, wo ich apportieren sollte. Marko könne draußen warten. Also ging ich alleine hinein, niemand stand mir bei, niemand rettete mich aus diesem Wahnsinn, nur der liebe Gott war bei mir. Ich setzte mich auf den Gynäkologenstuhl und weinte bitterlich. Der Arzt versuchte mich zu beruhigen, fragte mich erstmals, ob ich das überhaupt wolle. Ich konnte ihm nicht die Wahrheit sagen, weil sie mir gedroht hatten. Ich durfte ihren guten Ruf nicht ruinieren. Der Arzt wollte nochmals wissen, ob ich es wolle, ich konnte ihm nicht antworten. Ich weinte nur. Der Arzt war unsicher und rief meinen Mann dazu. Wieder wollte er von uns beiden wissen, ob wir beide sicher seien. Marko antwortete einem kalten „Ja". Er ging hinaus, um dort auf mich zu warten. Dann erledigte der Arzt seine Arbeit.

Nach einer halben Stunde war alles erledigt und ich lag immer noch auf dem harten OP-Tisch. Ich spürte nur quälenden Schmerz und tiefschwarze Trauer. Dann betrat Marko den Raum. Ich habe ihn von da an nie mehr als meinen Ehemann angeschaut. Er war für mich ein Toter, der sein eigenes Kind ermordet hatte. Er und seine Mutter. Nachdem wir wieder zu Hause angekommen waren, drohte er mir wieder Strafen an, falls ich jemandem etwas von dem Abbruch erzählen würde. So ging der irre Alltag weiter.

Mein Sohn war schon sechs Monate alt, es war März, als Marko eines abends wieder stock besoffen heimkam. Er erklärte mir, dass wir am folgenden Morgen einen Pass holen würden. Ich erfuhr nicht, was er vorhatte, nur Mara wisse Bescheid, erklärte er knapp. Ich hoffte, er sei so betrunken, dass er am Morgen nichts mehr davon wusste. Da hatte ich mich getäuscht. Am nächsten Tag wollte er mit mir aufbrechen und Mara erklärte dazu, sie würde auf das Kind aufpassen. Ich wollte nochmals wissen, wozu ich den Pass brauche, ich erfuhr es nicht. In der Stadt wurde ich fotografiert und wir besorgten alle Unterlagen, die nötig waren. Ich blieb weiterhin im Ungewissen. Einige Zeit später erhielt ich meinen Pass (den alten Jugoslawischen). Dazu erklärte er mir, dass wir nach Deutschland gehen würden, um seine Schwester Mirjana zu besuchen. Schwager Mile wolle sein Geld zurück. Ich zuckte zusammen, denn immer, nachdem er mit Mile telefoniert hatte, hatte ich Schläge bekommen. Mile fluchte fürchterlich und wollte, dass ich in Deutschland arbeiten solle, damit Marko das Geld zurückzahlen könne. Ich wollte das nicht! Denn ich müsste ja mein Kind verlassen. Er erklärte hart, das Mihail sein Kind sei und seine Mutter das Kind erziehen würde. Ich fragte Mara, was ich machen solle. Ich konnte kein Deutsch und konnte und wollte mein Kind nicht verlassen! Ich drohte, ich würde Marko verklagen, wenn er mich dazu zwang. Mara antwortete nur, dass mir keiner glauben würde. Ja, ich wusste, solche Leute unterstützen sich gegenseitig. Sie sagte zu mir, sie würde auf mein Kind aufpassen, alles sei mit ihrem Sohn schon besprochen.

Wir hatten kein Geld für die Fahrt. Marko bat seine Oma um Geld, sie wollte aber nichts geben, keiner wollte ihm Geld geben. Nochmals bettelte er seine Oma an, bis sie nachgab. Nachdem der neue Plan bekannt war, wurde ich nicht mehr alleine gelassen. Marko hatte zuvor bedenken gehabt, ich könnte fliehen. Dann war es soweit und er erklärte mir, ich solle mich von meinem Kind verabschieden. Ich war so unendlich traurig, dass ich es nicht übers Herz brachte. Das machte Marko so wütend, dass er mich wieder zusammenschlug; dieses Mal so brutal, dass ich in Ohnmacht gefallen bin. Als ich wach wurde, war ich wie taub vor Schmerzen. Mara war da und mein Kind bei seiner Schwester. Wieder zwangen sie mich, ich solle mich von meinem Sohn verabschieden. Mir war klar, ich würde Mihail nicht mehr wieder sehen.

Ich habe kein Geld, sagte ich Marko und fragte, wohin wir gingen. Ich weinte, als wir das Haus verließen. Aber ich sollte doch nicht weinen, weil man mich hätte sehen können. Wir kamen auf einem Bahnhof in Doboj an. Dort bestiegen wir den Zug nach Slavonski Brod. Marko blieb mir mit jedem Schritt auf den Fersen. Noch immer wusste ich nicht, was unser Ziel war. Nachdem wir aus dem Zug ausgestiegen waren, zwang Marko mich, meinen Bruder in Kroatien anzurufen. Er zwang mich, meinen Bruder um Geld für die Fahrt zu bitten.

Als mein Bruder am Apparat war, versprach er, zu kommen und wollte wissen, worum es ginge. Marko riss das Telefon an sich und erklärte, dass alles in Ordnung sei und wir abgesprochen hätten, dass ich nach Deutschland ginge. Mein Bruder glaubte ihm, weil er darauf vertraute, dass ich nicht lügen würde. Ich wollte nur fliehen. Es ging nicht, er hatte mich immer im Auge. Wieder bestiegen wir einen Zug und ich konnte nur weinen. Unentwegt dachte ich an meinen Sohn und überlegte verzweifelt, ob ich ihn wieder sehen würde. Sie hatten ihn mir brutal weggenommen!

Marko verlangte, ich solle mich beruhigen, damit mein Bruder nichts merkte. Ich müsse vor meinem Bruder froh aussehen. Aber als wir in Zagreb ankamen, konnte ich immer noch nicht lachen, nur weinen. Wir trafen uns mit meinem Bruder und wir gingen gemeinsam in ein Restaurant. Ich spürte, dass er merkte, dass etwas nicht in Ordnung ist, aber mein Bruder sagte nichts. Marko stand immer dicht bei mir, um zu vermeiden, das ich heimlich meinem Bruder etwas zuflüstere. Dann erklärte ich meinem Bruder, wir könnten ihn nicht besuchen, weil er eine kleine Tochter habe und wir keine Umstände machen wollten. Die Zeit verging zu schnell und ich musste mich von beiden verabschieden. Mein Bruder weinte. Und Marko war froh, dass er sein Ziel erreicht und Geld bekommen hatte. Todtraurig bestieg ich den Zug. Marko versprach mir, er wolle nicht mehr trinken, damit er auf seine Familie aufpassen könne.

Im Zug sprachen mich Leute an und wollten wissen, wer der Mann da draußen sei, der weine. Das ist mein Bruder und der andere ist mein Ehemann, erklärte ich leise und drehte mich um. Marko würde nie um mich weinen, ihm war nur das Geld wichtig. Die Mitreisenden waren Deutsche und sehr nett zu mir. Sie erklärten mir später, wo ich aussteigen müsste. Das war in Brüssel, wo ich schon von Mirjana und Mile erwartet wurde. Sie erkannten mich zuerst nicht, weil ich stark abgenommen hatte. Aber ich erkannte sie und ging auf sie zu. Um 13 Uhr kamen wir in ihrer Wohnung an. Ich war hundemüde und wollte mich eine Weile hinlegen. Aber das duldete meine Schwägerin nicht, sie befahl, man wolle gleich zu meiner Arbeitsstelle gehen. Nicht einmal mehr ein Glas Wasser konnte ich trinken, schon fuhr ein Auto vor, um mich abzuholen. Kurz darauf wurde ich meinem zukünftigen Chef vorgestellt. Man erklärte mir, ich müsse sofort mit der Arbeit beginnen. Was für ein Wahnsinn, ich war dort, um Markos Schulden zu bezahlen. Oh lieber Gott hilft mir!, betete ich innerlich. Niemand sonst stand auf meiner Seite.

Wieder sollte ich in ein fremdes Auto steigen. Man hatte mir erklärt, ich solle in dem Restaurant arbeiten, in dem meine Schwägerin beschäftigt gewesen war. Der mir unbekannte Mann, der nun mein Chef sein sollte, brachte mich nach Schwetzingen, wo er ein Restaurant betrieb. Ich wusste, das ich keine Wahl hatte, ich musste tun, was man mir sagte. Denn ich hatte kein Geld, und ohne Geld konnte ich nicht zurückgehen.

Man stellte mir das Personal vor. Es waren viele Leute aus Jugoslawien, die jedoch wie ich kein Deutsch sprachen. Der Chef meinte, ich solle mich erst einmal ausruhen. Dazu brachte er mich in ein Zimmer, das solle ich mir zukünftig mit einer Frau teilen. Am nächsten Morgen um Acht solle ich im Restaurant erscheinen, dann würde er mir sagen, was ich zu tun hätte. Es blieb mir nichts anderes übrig, als „Ja" zusagen.

In der Nacht tat ich kein Auge zu, was würde mich erwarten? Noch am Abend hatte ich die Frau gefragt, was auf Deutsch „Guten Morgen" hieße. Sie erklärte es mir und ich schrieb es, mit ein paar anderen deutschen Worten, auf. Am folgenden Morgen betrat ich die Küche, in der ich arbeiten sollte und sagte „Guten Morgen", was von meinen zukünftigen Kollegen erwidert wurde. Wo war ich hier? Ich hatte keine Ahnung. Der Chef sagte mir, ich müsse etwas essen, ich könne nicht arbeiten, wenn ich hungrig sei. Ich setzte mich an den Tisch, erklärte aber, dass ich keinen Hunger habe. Das akzeptierte er nicht, ich müsse essen, befahl er, weil ich hart arbeiten müsse. Also aß ich. Dann drückte man mir einen Korb mit Schüsseln in die Hand und ich folgte meinem Chef durch das Haus in die erste Etage. Dort gab es 15 Fremdenzimmer. Die Gäste würden morgens um neun Uhr die Zimmer verlassen und gegen fünfzehn Uhr zurückkehren, erfuhr ich. Der Chef erklärte mir außerdem, was ich in den Zimmern zu tun hatte; ich sollte überall saubermachen, staubsaugen und die Badezimmer reinigen. Wenn ich das in den 15 Zimmern gemacht hätte, sollte ich das Gleiche in der zweiten Etage wiederholen. Bis halb drei, dann hätte ich eine zweistündige Pause. Ich könnte schlafen oder spazieren gehen. Um siebzehn Uhr müsste ich wieder da sein und zu weiteren Einsätzen in die Küche kommen. Ofen anfeuern, Salat und die Kartoffeln vorbereiten und so weiter. Alles sollte dann bis achtzehn Uhr fertig sein, weil dann der Küchenbetrieb anfangen würde. Zukünftig müsste ich bis zum Betriebsende im Restaurant bleiben, was hieß, dass ich immer sehr spät ins Bett kommen würde. Wenn es keine Gäste gäbe, hätte ich im Wäscheraum zu arbeiten. Es gäbe viel Arbeit und immer etwas für mich zu tun. Nachdem mir der Chef alles erklärt hatte, ging er die Treppen hinunter und ich setzte mich auf die Bank und weinte. Ich wünschte meinem Ehemann nur das Schlimmste für das, was er mir angetan hatte. Er hatte mich einfach so in die Welt geschickt. Nach einer Weile weinte ich nicht mehr. Ich stand auf und sagte mir, dass ich das alles wegen meinem Sohn aushalten werde. Aber im nächsten Augenblick fing ich an zu schwitzen und wieder flossen Tränen.

Ich schaffte meinen ersten Arbeitstag. Am Ende wartete

ich, wie der Chef mich beurteilen würde. Er war zufrieden mit meiner Arbeit. Ich bat ihn um Kleingeld, damit ich Mara anrufen konnte. Ich wollte nach Mihail fragen. Von meinen Tränen habe ich ihr nicht erzählt, ich fragte, ob alles in Ordnung sei. Ich wollte meinen Sohn kurz sprechen. Mara sagte nur, das ginge nicht, weil er schlafe und sie ihn nicht wecken wollte. Dann drängte sich Marko ans Telefon. Er wollte von mir wissen, wann ich ihm Geld schicken würde, er würde es brauchen, um weiter arbeiten zu können. Tausend DM sollte ich ihm schicken. Meine Antwort darauf war kurz - ich arbeite erst zehn Tage und habe kein Geld. Dann verlangte er die Rufnummer des Hotels, in dem ich arbeitete. Wie es mir geht, wollte er nicht wissen.

Kurze Zeit später fragte mich der Chef, ob alles in Ordnung sei. Ich konnte ihm nicht sagen, dass Marko Geld von mir verlangte, deshalb antwortete ich ihm, es sei alles in Ordnung. Den nächsten Tag sprach mich der Chef wieder an und erklärte mir, mein Ehemann habe angerufen und gesagt, er brauche tausend Mark. Er wolle es Marko per Post schicken und mir das später vom Gehalt abziehen. Nach ein paar Tagen rief ich Mara an, ob das Geld angekommen und ob alles in Ordnung sei. Sie meinte, Marko habe das Geld zwar bekommen, würde aber nur Ausgehen und Saufen.

Mit der Zeit hatte ich das Geld für Markos Schwager verdient. Der Schwager hatte mich besucht und ich habe ihm 1500 DM gegeben. Er reagierte sauer, weil es nicht mehr war. Ich durfte ihm nicht sagen, dass ich den Rest meines Verdienstes Marko geschickt hatte. Als meine Schwester nach Bosnien gegangen war, erzählte sie niemand, dass ich das Geld weitergegeben hatte.

Nach drei Monaten konnte ich meine Sachen packen und nach Hause fahren. Am Abend davor konnte ich vor Aufregung nicht schlafen. Zuvor hatte ich Geschenke für die Leute daheim gekauft. Leider konnte ich meiner lieben Mutter nichts mitbringen, weil ich wusste, dass sie mir nicht erlauben würden, sie zu sehen. Bis nach Zagreb konnte ich mit dem Chef fahren, er war auf dem Weg zu seiner Freundin, die dort lebte. In der Stadt nahm ich mir ein Taxi zu meinen Bruder. Seine Frau war überrascht, weil sie mich nicht kannte. Ich stellte mich vor, dann kam mein Bruder dazu und es gab eine herzliche Begrüßung. Sie bestanden darauf, dass ich bei ihnen übernachte und am nächsten Tag weiterfahren sollte. Das Angebot habe ich gerne angenommen. Nun hatten wir Zeit, um über alles zu sprechen.

Ihre drei Monate alte Tochter erinnerte mich schmerzlich an Mihail; ich konnte es kaum erwarten, meinen Sohn wiederzusehen. Dann kam der Tag, an dem mein Bruder mich zur Bushaltestelle brachte. In meinem Gepäck trug ich auch zweitausend DM mit nach Hause. Was würde mich dort erwarten? Ich dachte auf der Fahrt darüber nach, aber eigentlich war mir nur eines wichtig - endlich meinen Sohn zu sehen.

6. Kapitel

Es war Juni, als ich in Doboj angekommen bin und die Sonne schien. An Bushaltestelle wartete niemand auf mich. So bin ich alleine nach Hause gegangen. Anschließend fand ich meinen Ehemann in einem bekannten Restaurant. Er war wiedermal am Trinken und als ich vor ihm stand, tat er so, als ob er mich nicht kennt. Nach einer Weile fragte er mich, woher ich käme. Dann wollte er, dass ich die Rechnung bezahle. Ich erklärte dem Kellner, dass ich kein Geld bei mir hätte und er das Geld später bekäme. Ich hatte Angst meinen Geldbeutel zu öffnen, denn dabei würde er das viele Geld sehen, was ich bei mir trug. Er würde mir sicher alles abnehmen.

Später zu Hause warteten meine Schwiegereltern auf mich. Mein Kind war nun neun Monate alt. Als ich Mihail sehen wollte, erlaubte das Marko nicht. Er warf mir vor, dass seine Mutter drei Monate mein Kind hätte aufpassen müssen und fragte mich, wo ich drei Monate gewesen sein. Ich konnte nicht glauben, was er da sagte, denn er hatte mich ja zum Geld verdienen fortgeschickt. Ich flüchtete ins Badezimmer und weinte.

Bevor ich mein Kind zu sehen bekam, verlangte die Familie von mir das verdiente Geld. Mein Schwiegervater nahm das Geld an sich und erklärte, er wolle alles für den Laden nutzen. Es sollten davon 200 Rahmen und 400 Brillen gekauft werden. Von dem, was ich zuvor schon geschickt hatte, war nichts mehr übrig. Zumindest war der Laden jetzt so ausgestattet, dass Marko arbeiten konnte.

Ich selbst besaß kein Geld mehr und die Situation im Haus

wurde immer schlimmer. Extrem war es an einem regnerischen Tag. Obwohl Mihail krank war, zwang Marko mich, mit ihm und dem Kind in eine Kneipe zu besuchen. Wenn ich das nicht täte, so drohte er mir, würde er meinem Kind Gewalt antun. Dort angekommen, wurde er wieder zornig mit mir, schlug mich vor den Augen der Gäste und verlangte von mir, ich solle nach Hause gehen und schickere Schuhe anziehen. Zuvor griff er sich meine Tasche, weil er verhindern wollte, dass ich ihn verlasse. Zu Hause angekommen, erklärte ich Mara in meiner Verzweiflung, wie sein Sohn sich wieder verhalten hatte. Sie sagte nichts dazu; die Situation war unerträglich.

Wohin könnte ich fliehen? Ich überlegte, mit dem Bus wegzufahren, aber an der nächsten Bushaltestelle hätte er mich sehen und aufhalten können. Also beschloss ich, einen anderen Weg einzuschlagen und eine halbe Stunde bis zur Karuše zu laufen. Dort stieg ich alleine in einen Bus Richtung Blatnica. Ich wusste nicht, wohin ich gehen sollte, aber ich wusste - ich musste weg! Während ich einstieg, entschloss ich mich, ich wollte nach Deutschland zu meiner Schwester gehen. Meine Reise dauerte einige Stunden, bis ich am Abend dort angekommen war.

Auch mein Bruder, der bei Mutter lebte, war dort. Alle fragten mich, was passiert sei. Ich konnte keine Antwort geben. Ich weinte nur. Dann verstand mein Bruder, dass ich weggelaufen war und schlug mir vor, dass wir zu unserer Mutter gehen könnten. Er beruhigte mich, ich solle keine Angst haben, dort wäre ich erst mal versorgt. Oh es war wunderbar, er war liebevoll, wie ein richtiger Bruder, nie werde ich das vergessen. Als wir bei meiner Mutter ankamen, sah sie mich und wusste sofort, was los war. Zunächst konnte ich mich mit Essen stärken und ausruhen. Aber meine Gedanken waren nur bei meinem Kind. Am nächsten Morgen beschloss ich, nach

Doboj zurückzugehen.
In Doboj suchte ich mir eine Wohnung, mein Plan war es, meinen Sohn zu holen. Ich rief Mara an und fragte sie, ob mein Kind zu Hause sei. Sie erklärte mir, ich solle ins Haus kommen, dann würden wir schauen, was wir mit Mihail machen würden. So musste ich in das schreckliche Haus zurückkehren. Als ich Marko begegnete, wollte er, dass ich dortbleibe. Er erklärte, er würde jetzt alles anders machen, und er wolle das Trinken sein lassen. Meinem Sohn zuliebe wollte ich es glauben und kehrte zurück.
Die miesen Umstände wurden leider nicht besser. Marko merkte, dass ich ohne Mihail nicht leben kann aber ihn, meinen Ehemann nicht liebe. Nur meines Sohnes wegen erduldete ich alle Schwierigkeiten. Meine Elternzeit war vorbei und ich fing wieder an zu arbeiten. Auch bei meinen Arbeitskollegen habe ich nach einer Wohnung gefragt. Aber keiner wollte mir helfen, weil alle Angst vor meinen Ehemann hatten. Deshalb musste ich weiterhin in diesem Haus wohnen, weil ich meinen Sohn nicht verlassen konnte.
Die Zeit verging und mein Baby wurde zum Jungen. Wegen unserer langen Trennung brauchte es Zeit, bis ich Mihail wieder näher kommen konnte. Es wurde noch schwerer, weil es mir täglich schlechter ging. Immer wenn ich zur Arbeit ging, trank Marko Alkohol. Das was ich in einem Monat verdiente, ließ er in einer Nacht in der Kneipe.
Mein Lohn war nicht viel, jedoch hätten wir von diesem Geld gut leben können. Ich habe an der Vorgabe gearbeitet, was mir enorm Kraft abverlangte. Es gab kaum Pausen zum Essen. Eines Tages, Mihail war schon fast zwei, tauchte Markos Onkel in der Firma auf. Der forderte mich auf, ich solle sofort nach Hause kommen, weil Marko betrunken alles kurz und klein schlagen würde. Und er verlange nach mir. Ich fragte sofort, wo mein Sohn sei. Er meinte, Mihail gehe es gut,

Mara habe ihn genommen. Ich brauche keine Angst zu haben, die Polizei sei schon da. Ich ging mit ihm nach Hause.

Dort hatten sich schon fremde Menschen versammelt und die Polizei. Ich sah Marko mit einem Messer in der Hand stehen. Er war mit weiteren Messern bewaffnet und überall lagen Glasscherben herum. Keiner traute sich in seine Nähe. Er hatte sogar mehrere Messer auf Polizisten geworfen. Er schrie, ich solle zu ihm kommen und ihm seine Wunde verarzten. Die Polizei wollte mich zurückhalten. Die Leute starrten mich an. Dann rannte ich an den Polizisten vorbei ins Haus, um ihm zu helfen. Er sah erschöpft aus. Er rief seine Schwester in Sarajevo an, drohte, er wolle sich umbringen und dass sie kommen soll, damit er sie sehen könne. Ich versuchte indes, Glassplitter aus einer Wunde zu picken, er blutete wie verrückt. Auf einmal legte er sich zur Seite und wollte schlafen. Schnell sammelte ich die Messer ein und rief seinen Onkel ins Haus. Er kam mitsamt den Polizisten, die ihm Handschellen anlegten und in ein Krankenhaus brachten. Medikamente hatte er an diesem Abend keine bekommen.

Marko landete in der Psychiatrie. Man wollte dort seine Alkoholsucht behandeln. Das hatte sein Vater verlangt. Inzwischen war Markos Schwester Mirjana aus Sarajevo angereist. Wir putzten die ganze Nacht das Haus, keiner sollte erfahren, was dort passiert war. Die Teppiche waren mit Blut verschmiert, Türen zertrümmert, es sah überall furchtbar aus. Mein Schwiegervater und Mirjana besuchten Marko im Krankenhaus. Er wollte nicht mir ihnen sprechen und verlangte wieder nur nach mir. Am dritten Tag bin ich zu ihm gegangen. Ich hatte Angst, sein Zimmer zu betreten. Ich sah dort demente Leute mit traurigem Ausdruck auf einer Bank liegen. Ich fragte mich, warum er dort landen musste. War er verrückt geworden? Als ich ins Zimmer trat, stand Marko auf und trat auf mich zu. Er weinte und wimmerte, ich solle ihn nicht verlassen und bei ihm bleiben. Wieder versprach er mir, er würde mit dem Trinken aufhören. Er habe sich im Krankenhaus gut benommen. Der Arzt hatte nach etlichen Untersuchungen eine Diagnose gestellt - demnach war Marko nicht verrückt. Und somit durfte er nicht im Krankenhaus bleiben. Man entließ ihn, gab ihm Medikamente mit und erklärte, er müsse alleine mit dem Alkoholismus klarkommen.

Anfangs schien zunächst alles besser zu werden. Aber schon nach ein paar Tagen, verhielt Marko sich wie früher. Er war permanent schlecht gelaunt und erpresste uns mit Gewaltandrohungen. Wir hatten alle Angst, er könne wieder mit dem Saufen anfangen und wir gehorchten ihm, damit er trocken blieb. Drei Wochen später kam Besuch ins Haus. Alle tranken Alkohol und Marko konnte nur zuschauen. Ich merkte, dass er sauer war, weil niemand ihm etwas zu trinken gab. Aber er blieb stumm, weil der Arzt unter den Gästen war. Als alle gegangen waren, verlangte er nach seiner Jacke, er wolle in die Kneipe. Ich sollte in mein Zimmer und dortbleiben, befahl er mir. Schlafen konnte ich nicht. Wie würde er zurückkommen? Sturz besoffen torkelte er zur Tür direkt ins Zimmer seiner Eltern. Er beschimpfte sie und schrie, dass er nie mit dem Saufen aufhören würde und sie jetzt sehen, was aus ihm geworden ist. Nachdem meine Schwiegereltern aus ihren Bette gestiegen waren, schlug er sie. Er solle sich beruhigen, versuchte ich ihn aufzuhalten, dann bekam auch ich Schläge ab. Ich wollte, dass Mara die Polizei ruft, sie lehnte es ab. Die war zu stolz, um die Tatsache zu akzeptieren, dass ihr Sohn ein Alkoholiker war. Ich verzog mich in mein Zimmer und Marko legte sich, nachdem er sich beruhigt hatte, auf den Boden. Ich blieb wach, ich wollte nur weg von dort.

Als der Morgen anbrach, packte ich meine Sachen, um heimlich zu verschwinden. Aber als ich gehen wollte, entdeckte mich Marko, stand auf und verschloss die Tür. Er wolle mit mir und unserem Sohn ein neues Leben beginnen versprach er mir wieder. Ich konnte ihm das nicht mehr glauben. Dennoch gab ich ihm eine weitere Chance, vielleicht würde es ja doch besser werden . . .

Mein Schwiegervater besorgte uns eine Wohnung. Sie war unmöbliert und ich nahm einen Kredit auf, damit wir sie einrichten konnten. Das erste Mal in seinem Leben, verließ Marko seine Eltern haben. Inzwischen hatte Marko den Optikerladen schließen müssen, wir mussten zu Zweit von vorne beginnen. Ich ging arbeiten und hielt das Haus in Ordnung. Marko passte auf unseren Sohn auf. Der neue Anfang war gut und Marko hat das Trinken sein lassen.

Seine Mutter konnte nicht glauben, dass wir ohne sie klarkamen. Nach sechs Monate bekamen wir Besuch. Es war ein Sonntag, Mara ist mit ihrer Mutter und ihrem Mann zu uns gekommen, ohne Anmeldung, sie sind einfach aufgetaucht. Ich hatte gerade gekocht und wir bedienten sie anständig mit Getränken. Alle waren entsetzt, dass Marko kein Alkohol trinken wollte. Mihail war inzwischen zwei Jahre alt und wir waren endlich eine richtige Familie. Ich lud unsere Überraschungsgäste zum Mittagsmahl ein, sie lehnten es ab. Mara stand auf, ging umher und öffnete unsere Schränke. Sie wollte meine Unordnung demonstrieren, aber bei uns war alles okay. Dann erklärte sie, sie wolle das Essen probieren. Marko schaute sich das Ganze eine Weile an und sagte dann seiner Mutter, es sei alles in Ordnung und, dass ihr Sohn gut lebe. Daraufhin verschwanden sie.

Leider hat sich Marko danach verändert. Er warf mit Sachen in der Wohnung herum und schrie, er würde zu seiner Mutter zurückkehren und mir das Kind wegnehmen. Ich hielt Marko fest und fragte ihn, was los sei. Anstatt einer Antwort holte er aus, ich wich ihm aus, er hat mich trotzdem erwischt und mir einen Finger gebrochen. Dann wollte er zu seiner Mutter, die ihn aber nicht ins Haus gelassen hat. Und nachdem er nochmals zu uns zurückgekommen war, ist er verschwunden. Am Abend war ich alleine mit Mihail und wartete voller Angst, was kommen würde. Ich wickelte meinen Sohn in eine Decke und versteckte mich unter einem Fenster. In der Nacht kam Mihail betrunken in die Wohnung, legte sich auf den Boden und schlief ein. Vorsichtig schlich ich mit dem Kind ins Bett und versuchte zu schlafen. Ich stand früh auf und war total müde, ging aber trotzdem zur Arbeit, Mihail ließ ich bei seinem Vater.

Als ich zum Feierabend nach Hause gekommen bin, hat mich fast der Schlag getroffen. Schon vor dem Haus sprach mich die Vermieterin an, ich solle in ihre Wohnung kommen. Sie erklärte mir, mein Ehemann habe Mihail zu seiner Mutter gebracht. Außerdem seien am Tag unbekannten Leuten da gewesen, die Möbel aus dem Haus getragen hätten. Ich rannte in die Wohnung und war entsetzt, sie war leer. Bis auf das Kinderbett und das Geschirr. Auch alle Dinge, die ich gekauft hatte, waren verschwunden. Ich setzte mich auf den Fußboden und weinen.

Nach einer Weile rief ich Mara an und fragte nach meinem Sohn. Sie erklärte, er sei bei ihnen aber sie hätten Marko nicht ins Haus gelassen. Ich ging zu den Schwiegereltern und wollte wissen, wo unsere Sachen seien. Ich erfuhr, das Marko wieder übel gelaunt gewesen war und betrunken herum gebrüllt hätte. Dann meinte Mara, er habe alles an Zigeuner verkauft und wo ich die finden würde. Ich fand die Leute und sie zeigten mir sogar die Rechnung, mit der sie belegten, dass sie die Sachen ordentlich gezahlt hatten. Ich versuchte ihnen zu erklären, dass ich diese Sachen selbst noch nicht bezahlt habe, worauf sie Angst bekamen, ich würde sie verklagen.

Ich kehrte zu meinem Sohn zurück und war verzweifelt. Wir brauchten eine Wohnung. Aber keiner wollte mir etwas vermieten, wegen meines Kindes und weil die Angst vor meinem Mann hatten. Schließlich fand ich Leute, die mir ein Zimmer mit Badezimmer vermieten konnten. Es waren Muslime und sehr nette Leute. Als ich mir die Wohnung ansah, die ordentlich war, wurde ich so herzlich empfangen, wie eine Familienangehörige. Ich war froh und wollte Mihail holen. Ich erklärte Mara, dass ich eine Bleibe gefunden hätte und nun Mihail mitnehmen würde. Mara willigte ein. Marko wollte wissen, wer auf unseren Sohn aufpassen wird, wenn ich arbeite. Das könne die neue Vermieterin übernehmen, erklärte ich ihm. Er war wütende darüber, dass Muslime sein Kind erziehen sollen. Er meinte, ich bekäme mein Kind nur dann mit, wenn ich Mihail täglich vor meiner Arbeit zu seiner Mutter brächte, nur sie könne das Kind richtig erziehen. Wenn nicht, würde ich mein Kind nie wieder sehen. Es blieb mir nichts anderes übrig, als einzuwilligen.

Die Tyrannei war zu viel für mich, ich wollte mich wehren und dem Ganzen ein Ende setzen. Ich verklagte Marko und verlangte die Scheidung. Leider ging das nicht so schnell, wie ich es wollte. Weiterhin musste Mihail täglich zu meiner Schwiegermutter bringen. Sie fing an, auf mich einzureden, ihr Sohn sei doch eigentlich ein guter Mensch und dass ich ihn nicht verlassen soll. Mihail war inzwischen drei Jahre alt und machte mir viel Freude. Er war es, der mich immer wieder zum Lachen brachte. Trotz des Wahnsinns mit Marko. Mihail und ich gingen nie spazieren, aus Angst, wir könnten seinen Vater treffen. Ich hatte Angst davor, Mihail könne ein Trauma erleben.

Wir bekamen keine Ruhe, denn mein Noch-Ehemann tauchte auf einmal jeden Abend bei mir auf. Ich erklärte ihm, dass ich nichts mehr mit ihm zu tun haben will. Inzwischen blieb Mihail monatelang komplett bei mir, weil auch meine Schwiegermutter anfing, Druck zu machen. Sie wollte nicht mehr auf ihn aufpassen und drohte mir, dass sie mir das Kind wegnehmen würden, wenn ich nicht zurückkäme. Sie spottete dazu, dass ich meinem Sohn alleine kein gutes Leben bieten kann.

Ich musste zustimmen. Zunächst meldete ich mich bei meiner Firma, und erklärte, dass ich nicht zur Arbeit kommen würde. Als ich in meine Wohnung zurückkehren wollte, ließ mich die Vermieterin nicht rein. Auch sie hatte Drohanrufe von Markos Familie bekommen. Wo um Himmels willen, sollten mein Sohn und ich hingehen? Ich lief in den Park und setzte mich auf eine Bank. Als ich ihm eine Jacke anzog, fragte Mihail mich, warum ich weine, ob mich sein Vater wieder angeschrien habe. Ich konnte ihm nicht antworten und sagte ihm dann, dass wir niemanden mehr hätten.

Eine Arbeitskollegin kam vorbei und fragte mich, was ich zu dieser Zeit im Park mache. Ich ginge spazieren, log ich, ich konnte ihr nicht die Wahrheit sagen. Nachdem sie weg war, beschloss ich, zu Polizei zu gehen. Den Polizisten erzählte ich alles, was mir Marko und seine Familie angetan hatten. Anschließend rief ein Polizist bei Mara an und konfrontierte sie mit meinen Vorwürfen. Mara stritt alles ab und versicherte, ich würde lügen. Der Polizist erklärte mir dann, dass er Markos Vater kenne und dass das anständige Leute seien. Er könne nichts für mich tun. Aber was sollte ich nur machen, wo könnten mein Sohn und ich schlafen, wollte ich von ihm wissen. Ich solle zurück zu ihnen gehen, sie seien gute Leute wiederholte er. Ich begriff, in Doboj hatte ich keine Chancen.

Am Abend fand ich Unterschlupf bei einer Bekannten, eine Nacht könnten Mihail und ich bei ihr bleiben, wofür ich sehr dankbar war. Am zweiten Tag aber, wollte mir niemand mit dem Kind helfen. Ich bekam einen Anruf von meiner Firma, warum ich nicht zur Arbeit käme. Ich hatte keine andere Wahl – ich musste mein Kind mit in die Firma nehmen. Weil sie wollten, dass ich zurückkomme, erlaubten sie es.

Die erste Gerichtsverhandlung gegen Marko und seine Familie fand statt. Sie haben natürlich gewonnen und ich konnte meinen Sohn nicht bekommen. Vor dem Gericht sagte ich alles aus, was man mir angetan hatten. Trotzdem erklärte mir der Richter, dass ich meinen Sohn nur bekommen würde, wenn ich wieder zurück zu Marko gehe. Mir war klar, dass sie den Richter bezahlt hatten. Ich war machtlos und war gezwungen, zurück zu meinem Ehemann zu gehen.

Marko war froh, dass er gewonnen hatte. Mein Sohn wuchs weiter und merkte nicht, was alles passiert war. Damit Marko arbeiten konnte, sollte eine Boutique mit einer Partnerfirma eröffnet werden. Sie sollte „Globus" heißen und er wollte dort Kleidung verkaufen. Ich gab ihm Geld, damit er nach Sarajevo fahren und den entsprechenden Vertrag mit einer Firma unterschreiben konnte. Das hat er gemacht und ist mit einer Geldkasse und Ware zurückgekommen.

Eigentlich sollte Marko den Laden einrichten, aber die Realität war, dass nur ich die ganze Arbeit gemacht habe. Außerdem merkte ich, nachdem die Boutique eine Weile angelaufen war, dass Geld in der Kasse fehlte und immer weniger Kleidung zum Verkauf da war. Ich hatte Angst, dass er wieder das ganze Geld nebenbei ausgeben würde. Ich klagte seinem Vater mein Leid und bat ihn, mit seinem Sohn zu sprechen. Wir fragten uns, wie alles weitergehen sollte. Fing er wieder an zu Saufen? Ja, so war es. Nach zwei Stunden Arbeit schloss er den Laden und ging in die Kneipe. Ich ging inzwischen wieder meiner Arbeit nach und sein Vater rief die Partnerfirma in Sarajevo an, damit sie kommen und die Kasse prüfen sollten. Als die Leute kamen, war der Laden verschlossen und Marko wiedermal nicht da. Sie mussten warten, bis sein Vater ihn aus der Kneipe geholt hatte. Er war betrunken. Und als er ihnen die Kasse zeigte, war die fast leer, obwohl viele Waren verkauft waren. Kurzerhand nahmen sie die Kasse mit und Marko hatte wieder Schulden. Als ich von der Arbeit kam, war der Laden leer. Mihail war zu der Zeit bei meinen Schwiegereltern. Sie wollten nun auch mich nicht mehr ins Haus einlassen. Oh lieber Gott hilf mir, habe ich gebetet. Es war schon dunkel, als ich vor dem Haus stand. Marko zündete ein Feuer an – er wollte grillen. Dann befahl er mir, ich solle Geld holen und Frauen, damit er sich mit seinen Freunden vergnügen könne. Er war wieder zornig, als ich mich weigerte. Er fing sogar an, mich mit dem Brot zu schlagen. Verzweifelt rief ich Maras Name bis sie an einem Fenster erschien. Sie solle von nun an auf meinen Sohn aufpassen, ich würde jetzt für immer gehen, erklärte ich ihr. Sie weinte und hat mir Geld mitgegeben. Es war Mitternacht, als ich wegging. Ich hatte kaum Geld im Portmonee und nur ein paar Dokumente bei mir.

Zunächst lief ich zu einer Arbeitskollegin. Vor lauter Angst wagte sie es nicht, mir die Türe aufzumachen. Ich wartete vor ihrem Haus und um fünf Uhr morgens ließ sie mich ein. Sie wusste sofort, was los war. Sie kochte mir Tee und meinte freundlich, ich solle mich erst mal ausruhen. Klar war, ich musste wegen Marko fort aus Doboj. Wir besprachen, dass ich eventuell später in der Firma „Alhos", die Kleidung herstellten, arbeiten könne. Aber zuerst wollte ich zu meiner Schwester nach Belgrad und die Arbeitskollegin hat mir Geld für die Fahrt zugesteckt.

Ich habe mich Krank gemeldet und um 11 Uhr bestieg ich den Zug nach Belgrad. Ich hatte noch nie eine so weite Reise gemacht, aber das war nötig. Von Belgrad aus fuhr ich mit dem Bus nach Vršac. Bei meiner Schwester konnte ich nur noch weinen. Alle waren überrascht, weil sie mich nicht erwartet hatten. Endlich konnte ich erzählen, was mir passiert war und die Familie meiner Schwester wollte mich unterstützen. Sie sagte, ich könne mir Geld für eine Wohnung sparen und bei ihnen wohnen.

Am nächsten Morgen fragte ich nach einer neuen Arbeitsstelle. Ich konnte dort meine Erfahrung einbringen, dennoch wollten sie mich zunächst drei Monate zur Probe einstellen. Außerdem meinten sie, ich müsse zuerst bei meiner alten Firma kündigen. Ich wusste nicht, ob das möglich war, ich wollte es mir überlegen und mich dann melden. Nach langem Nachdenken ging ich zurück nach Doboj.

Ich fand eine Wohnung neben meiner alten Firma. Nachdem ich die Arbeit dort wieder aufgenommen hatte, bemerkte ich meinen Namen auf einer roten Liste. Dort stand, ich würde dem Unternehmen viertausend DM schulden. Ich war völlig überrascht, wie es zu der großen Summe gekommen war. Das wollte ich von der Kassiererin wissen. Sie erklärte mir, mein Ehemann habe das Geld auf der Bank in meinem Namen abgehoben. Er konnte das, weil er noch immer meine Bankkarte bei sich hatte. Und ich erfuhr dazu, dass die Frau, die ihm das Geld gegeben hatte, seine Schulfreundin war. Es war unglaublich und ich fühlte mich hilflos. Was für ein fürchterlicher seelischer Terror . . .

Warum er das gemacht habe, wollte ich von Marko am Telefon wissen. Seine Eltern hätten mit unserem Sohn Urlaub machen wollen, dafür hätte er da Geld gebraucht, erklärte er unschuldig.

7. Kapitel

In dieser Zeit hatte ich Geburtstag. Mara rief mich an und wollte, dass ich nach Hause komme und mir die Blumen anschauen soll. Marko erklärte, er habe etwas für ich, das ich hier abholen könne. Es sollten irgendwelche Papiere sein. Ich fuhr vors Haus, weigerte mich aber, es zu betreten. Es sei mein Geburtstagsgeschenk, meinte mein Ehemann und übergab mir einen blauen Brief. Ich öffnete ihn sofort und konnte nicht glauben, was ich da las. Es war unsere Scheidung! Ich war glücklich, was ich ihm aber nicht zeigte. Endlich würde es Frieden für mich geben!

Markos Eltern waren zu der Zeit im Urlaub. Als sie zurückkamen, rief mich Mara an, ich bat sie, mein Kind sehen zu dürfen. Als ich das Haus betrat, war mein Kind mir gegenüber schüchtern. Leider hatten sie Mihail so erzogen, dass er sich immer mehr entfremdet hatte. Schon den Urlaub mit meinem Kind haben sie eigenmächtig unternommen, ohne mir etwas davon zu sagen. Ich versuchte, mit meinem Kind zu spielen. Inzwischen ist Mara aus dem Haus gegangen. Als ich ebenfalls gehen wollte, fragte ich Marko, wo seine Mutter sei. Er meinte, dass sie an dem Tag nicht mehr käme. Ich hatte Angst, ich war allein ihm im Haus. Er verschloss die Haustür und befahl mir, ich müsse bleiben und solle ins Wohnzimmer. Er war nicht betrunken und mir wurde klar, dass sie mich wieder belogen hatten.

Ich brachte mein Kind in sein Zimmer. Es war Sommer und taghell und Marko verdunkelte die Zimmer mit Gardinen. Dann fing er an, mich mit fiesen Ausdrücken zu beschimpfen. Ich ließ mich nicht provozieren und blieb stumm. Seine Wut steigerte sich, bis er anfing, mit zu schlagen. So lange, bis ich blutete und bewusstlos zusammenbrach.

Als ich wieder wach wurde, zwang er mich, ich solle mir im Bad mein Gesicht waschen. Er zerrte mich ins Badezimmer und brüllte, ich dürfe nicht weinen. Ich weinte. Das Telefon klingelte, er ging nicht ran. Inzwischen hatte er alle Türen verschlossen und ich hatte mich etwas beruhigt. Dann legte er wieder los und prügelte auf mich ein. Und er vergewaltigte mich. Alle Kraft war aus mir geflossen, ich war zerbrochen. Irgendwann schlug er wieder so brutal zu, dass ich durchs Zimmer geflogen bin. Dann klappte er das Bett im Wohnzimmer auf, zerrte mich darauf und fiel über mich her, und er vergewaltigte mich wieder. Er drohte mir, wenn ich jemandem was sage würde, würde ich meinen Sohn nie mehr sehen. Ich weinte ohne Ende. Er schlenderte ins Kinderzimmer, als sei nichts passiert. Völlig in mir zusammengebrochen blieb ich dem Wohnzimmer auf dem Bett liegen. Dann befahl er mir, ich solle zu ihm ins Schlafzimmer kommen, damit seine Eltern denken, wir hätten die Nacht harmonisch miteinander verbracht. Als am Morgen seine Eltern gekommen waren, hat ihnen Marko fröhlich gelaunt die Tür geöffnet. Sein Vater sah mein geschundenes Gesicht und fragte, was passiert sei. Er habe mich geschlagen, gab ich ehrlich zu. Dann trank ich meinen Kaffee aus und ging. Niemand wusste wirklich, was er mir an diesen Abend angetan hatte.

Am folgenden Sonntag musste ich wieder in das Haus, um meinen Sohn zu sehen. Dieses Mal war seine Schwester mit dabei. Sie fing an, mich zu beschimpfen. Ich solle mich doch endlich entscheiden, ob ich ihn verlassen oder bei ihm bleiben wolle. Dazu erklärte sie mir, dass sie mein Kind erziehen würde und dass ich verschwinden soll. Sie wusste nicht, was Marko getan hatte. Außerdem hat sie und Mara Marko immer unterstützt. Trotzdem musste auch ich arbeiten, damit seine

Schulden bezahlt wurden. Aber das Schlimmste war, ich habe meinen Sohn verloren. Verzweifelt zog ich mich in meine Wohnung zurück. Der seelischen Terror zeigte immer mehr körperliche Spuren. Ich hatte eine schreckliche Allergie bekommen, 25 Tage musste ich deshalb im Krankenhaus behandelt werden. Während dieser Zeit habe ich Mihail nie gesehen, Marko hat ihn nie ins Krankenhaus gebracht. Ich war unendlich müde, als ich Ende November entlassen wurde. Endlich wollte ich meinen Sohn sehen und fuhr mit einer Arbeitskollegin zum Haus. An diesem Tag hatte es geregnet. Nachdem ich an der Haustür klingelt hatte, wollte Mara mich nicht einlassen. Marko kam dann mit Mihail heraus. Allerdings drehte er sich schüchtern weg, er wollte nicht zu mir. Ich hatte das Gefühl, mein Herz zerreißt. Ja, seine Oma war ihm näher, weil sie öfter mit ihm zu tun und ihn erzogen hatte. Es war kalt auf der Straße, so musste ich mich zu bald verabschieden. In meiner Wohnung angekommen, hab ich unendlich bittere Tränen vergossen. Eine Freundin war bei mir und versuchte mich zu trösten.

   Nach einer Weile bekam ich einen Brief. Es war eine Vorladung vom Gericht. Vor dem Termin tauchten Leute aus dem Sozialamt auf, sogar in der Firma. Die fragten mich, was ich wolle. Klar antwortete ich, dass mein Sohn bei mir leben solle. Sie meinten aber, bei seinem Vater, den sie ebenfalls besucht hätte, habe der Junge bessere Bedingungen. Ich versuchte ihnen zu erklären, dass Marko kein Einkommen habe und dass er spielsüchtig sei, ja und dass ich seine Schulden bezahlen müsse. Für die waren das aber keine Argumente, seine Mutter würde auf meinen Sohn aufpassen. Das genügte ihnen, dazu würden sie das alle zwei Wochen, während eines Besuches, kontrollieren. Ich war damit nicht einverstanden, hatte aber keine Chance gegen ihr Urteil. Sie waren vom Gericht und ich hatte leider keine Zeugen. Nur der liebe Gott war mein Zeuge und ich betete um Hilfe.

Das Sorgerecht mit dem Scheidungsurteil sah so aus: Mihail wohnt bei Marko. Ich muss ihm monatlich dreihundert DM zahlen. Alle zwei Wochen darf ich ihn sehen. Dabei darf ich mit meinem Sohn spazieren gehen und muss ihn anschließend wieder zurückgeben. Der Richter war Markos Freund.

Nach der Gerichtsverhandlung wollte Marko, dass ich ihm Zigaretten kaufe, weil er kein Geld habe. Das habe ich gemacht und ein letztes Mal mit ihm einen Kaffee getrunken. Dann ging ich weg. In dem Moment war ich erleichtert, denn ich fühlte mich frei. Es war zu Ende, ich war nicht mehr seien Ehefrau, es war, als fiele eine Last von mir. Seinen Nachnamen behielt ich, um eine Verbindung mit meinem Sohn zu haben. Und eines Tages würde ich meinem Sohn die Wahrheit erzählen können.

8. Kapitel

Endlich fing ich an zu leben. Ich zog mich an, wie ich wollte, hab gegessen, was ich wollte und gab mein Geld nach meinen Bedürfnissen aus. Und ich durfte meine Familie so oft besuchen, wie es mir lieb war. Ich war frei. Aber ich merkte, wie die Vergangenheit Wunden aufgerissen hatte, die nicht heilen wollten. Mein Gehalt reichte für das Nötigste, der Rest gerade Mal für Brot und Marmelade. Ich war fest entschlossen, etwas Gutes aus meinem Leben machen, damit mein Sohn sah, dass ich nicht bin wie sein Vater. Er sollte stolz auf mich sein. Zunächst musste ich so schnell wie möglich Markos Schulden bezahlen. Auch plante ich, nach Slowenien zu gehen, weil man dort mehr verdienen konnte. Jedoch war ich dabei auf mich alleine gestellt.

Es ergab sich, dass ich einen Mann kennenlernte. Er hatte mich an der Bushaltestelle in Teslić gesehen und merkte, dass mit mir etwas nicht in Ordnung war. Außerdem erfuhr ich, dass er in der Armee arbeitete. Als ich mit meiner Schwester nach Doboj reiste, fuhr er ebenfalls dort hin. Meine Schwester forderte mich auf, ich solle ihn besser kennenlernen, dazu hatte ich aber keine Lust. Ich war damals immer in nachdenklicher und ernsthafter Stimmung. Im Bus bat meine Schwester diesem Mann, sich neben mich zu setzen. Ich blieb stumm. Meine Schwester ließ nicht locker und gab ihm die Telefonnummer meiner Arbeitsstelle, weil ich kein Handy hatte. Nach der Fahrt haben wir uns verabschiedet und er reiste weiter nach Montenegro. Ich hatte Angst, wieder mit einem Mann zusammenzukommen, in allen Männern sah ich in Gedanken nur meinen Exmann. Am folgenden Montag ging ich wie üblich zur Arbeit und bekam prompt einen Anruf. Er war es. Er verriet mir seinen Namen und dass er aus Banja Luka stamme und mich kennenlernen wolle. Mir war bange, Markos Familie könne mich sehen und mir dann verbieten, meinen Sohn zu sehen. Obwohl ich geschieden war, hatte ich Angst vor ihnen. Trotzdem hatte es sich ergeben, dass am Ende der Woche der Mann aus Montenegro anreiste und wir uns trafen. Es war harmonisch und ich musste nicht an meinen Exmann denken, er hat mir gutgetan. Er wirkte seriös und freundlich und während wir in einem Restaurant Kaffee getrunken haben, erzählte ich ihm meine Lebensgeschichte. Ich erfuhr von ihm, dass er frei und nie verheiratet gewesen sei. Er war überaus charmant und noch während wir redeten, hatte ich ein ungutes Gefühl. Ich ahnte, dass er nur ein Abenteuer suchte. Ich wusste bald, er ist nichts für mich. Außerdem habe ich mir versprochen, nie wieder einen Mann serbischer Herkunft zu heiraten. Eine Zeitlang danach haben wir täglich telefoniert. Irgendwann erklärte er mir, dass es ihm nicht passe, dass mein Sohn ein Kind von einem Alkoholiker ist. Und ich spürte sein wahres Gesicht, denn er reagierte eifersüchtig. Nein mit so einem Mann wollte ich nichts weiter zu tun haben. Mein Vertrauen in „unsere" Leute war mit der Zeit verloren gegangen.

Ich versuchte, nach Slowenien zu kommen. Ich reiste zusammen mit einer Bekannten meiner Schwester. Sie lebte im Mengeš und ihre Tochter arbeitetet in einem Klinikum in Ljubljana. Dort wollte sie mir Arbeit suchen. Zusammen mit meiner Schwester stellte ich mich dort vor und sie erzählte, ich könne sofort anfangen. Ich zögerte, denn ich merkte, dass mir diese Leute nicht geheuer waren. Meine Schwester war simpel, sie schaute nur nach ihrem Interesse, was mit mir passierte, war ihr egal. Ihre Bekannte hatte meiner Schwester ein Geschenk versprochen, damit hatte sie meine Situation ausgenutzt. Ihr Plan war, dass ich in ihre Wohnung ziehen sollte. Sie lebte dort mit ihren zwei Jungs, von denen einer drogensüchtig war. Auch die Tochter, die im Klinikum arbeitete, würde dort mit uns leben. Meine Schwester schimpfte, ich solle einziehen und nicht mehr so oft nach Hause gehen, weil das zu viel kosten würde. Ich wehrte mich, ich wollte auch weiterhin alle zwei Wochen nach Doboj kommen, damit ich meinen Sohn sehen konnte. Sie beschimpfte mich, ich würde ihr Geld schulden.

Ich fing als Arzthelferin in der Klinik an. Ihre Sprache war mir fremd, trotzdem wurde ich dort freundlich aufgenommen. Ich verriet nicht, dass ich aus Serbien komme, die Serben aus Bosnien waren nicht gut angesehen. Man dachte dort, ich sei Katholikin, wegen meines Nachnamens, den ich von meinem Exmann trug. In der Klinik gab es viele Katholiken und einige Muslime. Dort wurde mir das erste Mal bewusst, dass man in Jugoslawien die Leute nach ihrer Religion beurteilte. Ich war traurig, weil ich nicht zu meiner Herkunft stehen konnte. Ich habe viele beleidigende Sachen über uns Serben mitbekommen, das machte mir Angst. In Bosnien erzählte ich niemandem über meine Situation, bei mir sei alles in Ordnung, erklärte ich überall. Und ich reiste, wie geplant, alle zwei Wochen nach Doboj, um meinen Sohn zu sehen.

Eines Tages, nachdem ich nach Ljubljana gefahren war, bin ich krank geworden. Ich konnte nicht mehr sprechen, so schlecht ging es mir. Ich informierte Mara, dass ich nicht zu Mihail kommen kann. Sie reagierte sauer und glaubte mir nicht, dass ich nicht gesund war. Das verschlechterte meinen Zustand und ich bekam Fieber. Es war so schlimm, sodass ich im Bett bleiben musste und nicht arbeiten konnte. Beim nächsten Telefongespräch erklärte mir Mara, ich müsse nicht kommen, weil mein Sohn mich nicht sehen wolle.

Verzweifelt weinte ich und bat den lieben Gott, mir zu helfen. Ich hatte niemanden, der mir beistand.

9. Kapitel

Es war der Geburtstag meines Sohnes. Ich habe ihm viele Geschenke gekauft und wollte ihn besuchen. Eines Tages würde ich ihm die ganze Wahrheit sagen, das sagte ich mir immer wieder. Aber zu der Zeit musste ich den fiesen Umgang der Familie meines Exmannes aushalten. Sie wussten, dass ich Geld hatte. Geld zählte bei ihnen schon immer als das Wichtigste, wie es den Menschen geht, war ihnen egal. Damals, an Mihails Geburtstag, stand ich vor dem Haus und hatte Angst zu klingeln. Nachdem ich mich getraut hatte, öffnete Mara die Tür. Ich betragt das Haus und verteilte Geschenke an alle. Marko war nicht da. Man sagte mir, er sei in der Stadt und ich dachte voller Furcht daran, was passieren würde, wenn er kommt. Dass Haus war voll, da kann er keine Probleme machen, dachte ich mir. Ich spielte mit meinem Sohn, er machte einen glücklichen Eindruck. Ob ich wieder gehen würde, fragte er mich. Ich erklärte ihm, dass ich arbeiten müsse, aber dass ich wieder kommen würde. Mein Sohn befürchtete dann, dass mich sein Vater beschimpfen und schlagen wird. Ich versuchte ihn zu beruhigen, das würde nicht mehr passieren, erklärte ich ihm. Ich wusste nicht, dass ich mich irrte.

Dann tauchte Marko auf. Der war stinksauer, dass ich da war und fing an mich wüst zu beschimpfen. Ich wollte keine Probleme machen und packte meine Sachen zusammen, um zu gehen. Er hielt mich auf und wollte mit mir reden, was ich ablehnte. Ich hatte fürchterliche Angst vor ihm. Mara versuchte mich zu beruhigen, er könne mir nichts tun, es seien ja so viele Leute anwesend. Mihail fing an zu weinen und wim-

merte zu seinem Vater, er solle mich nicht schlagen.
Dann zerrte er mich ins Badezimmer und schloss die Tür hinter uns. Dann fing er an, auf mich einzuprügeln. Er brüllte, ich würde nirgends hingehen und schlug ungehemmt weiter auf mich ein. Sein Vater befahl ihm von außen, er solle aufmachen. Marko beeindruckte das nicht, wie ein Verrückter drosch er weiter auf mich ein. Die Geburtstagsgäste standen fassungslos im Wohnzimmer, ihn interessierte das nicht. Die Kinder weinten und mein Sohn musste traurig sein, was an seinem Geburtstag geschah. Dann schlug sein Vater die Tür ein und holte mich raus. Keiner konnte den tobenden Marko beruhigen. Sofort eilte ich zu meinem Sohn. Es war schon dunkel und Mara meinte, ich solle die Nacht dortbleiben bei Mihail. Wenn ich allein wäre, könne er mir wieder was antun, vermutete sie. Ich blieb bei meinem Sohn. In der Nacht fragte er mich, warum sich sein Vater so benehmen würde. Ich konnte nur weinen. Ob mir die Wunden wehtun, war der Junge besorgt um mich. Ein wenig später bat ich meinen Sohn, er solle keine Angst haben, ich versprach ihm, ich wolle sehr viel Geld verdienen und ein Haus für uns bauen. Ich musste ihm erklären, dass ich ihn wegen seines Vaters in nächster Zeit nicht mehr besuchen kann. So ist er eingeschlafen. Lange sah ich meinen schlafenden Sohn an, oh wie unschuldig dieses Kind ist ...

Ich blieb wach. Um vier Uhr morgens kam Mara ins Zimmer geschlichen und flüsterte, ich solle mich fertig machen und gehen. Ich solle nicht mehr kommen und sie würde mir nicht mehr helfen, erklärte sie zum Abschied. Ich wollte meinem Sohn sagen, dass er fest in meinem Herzen bleibt, auch wenn ich jetzt nicht mehr kommen konnte. Aber ich ließ ihn schlafen. Mara versicherte mir, wie würde ihm nur das Beste über mich erzählen. Mir war wichtig, dass er wusste, dass ich ihn nur wegen der Aggression seines Vaters nicht besuchen konnte und ich wollte ihm Geld und Geschenke schicken. Mara versprach ihm das zu sagen. Ich ging an die Bushaltestelle und war sehr unruhig, denn mir war bewusst, ich hatte meinen Sohn verloren. Sie hatten ihn mir weggenommen. Aber in meinem Herzen wird er immer einen Platz haben! Ich hatte doch alles versucht, um ihn behalten zu können, hatte ihn versteckt, bei meiner Mutter, meiner Schwester und in meiner Wohnung, alles umsonst. Mein Exmann hat ihn jedes Mal gefunden und weggebracht.

Ich wollte, dass dieses unschuldige Kind nicht mehr terrorisiert wird, ich hatte keine Kraft mehr, um ihn beschützen zu können. Bevor ich nach Ljubljana reiste, besuchte ich meine Mutter. Sie war traurig und sagte, ich solle auf mich aufpassen. Sie erklärte mir, der liebe Gott wird mir helfen. Ich brauchte den Segen meiner Mutter. Beim Abschied winkte sie mir und weinte. Ich wusste nicht, wegen wem ich trauriger war, wegen meiner Mutter oder wegen meines Sohnes. Ich weinte und weinte und hatte das Gefühl, unendlich arm zu sein, weil ich alles verloren hatte. Markos Familie hatte mir alles Liebe genommen, sogar mein Kind. Ich war gesund und konnte klar nachdenken. Den lieben Gott bat ich innig, dass ich eines Tages meinem Sohn die Wahrheit sagen kann. Als ich in Ljubljana an kam, war es bitterkalt. Ich sagte zu mir selbst, dass ich mich nun um mich alleine kümmern muss.

10. Kapitel

Alles sollte nun neu beginnen. Zunächst fand ich Arbeit. "Pletenina" hieß die Firma und produzierte Sportkleidung. Mir wurde während einer Probezeit die schwierigsten Aufgaben aufgetragen. Ich arbeitete ohne Pausen, zeigte, dass ich einwandfrei arbeiten kann und bekam den Vertrag, unbefristet. Von meinen Problemen habe ich niemandem erzählt. Nach der Arbeit, in meiner Wohnung, schaute ich als erstes das Bild meines Sohnes an. Wenn ich alleine war, weinte ich. Meinem Sohn sollte es gut gehen, deshalb schickte ich ihm regelmäßig Geld. Wie es mir ging, durfte niemand erfahren. Mein Brot habe ich in sieben Scheiben aufgeschnitten. Jeden Tag aß ich eine, dazu das, was wir in der Firma bekommen haben. Das war mein bescheidenes Essen. Im Unternehmen verhielt ich mich stets froh und erschien ordentlich angezogen. Die Kleidung nähte ich mir selbst, weil ich mir nicht mehr leisten konnte.

Keiner bemerkte, dass ich arm bin, weil der liebe Gott mir Kraft gegeben hatte, damit ich das Ganze aushalte. Ich hatte eine Wohnung in der Stadt Vićcu gefunden. Die Besitzer waren Serben und die fragten mich nach meiner Herkunft. Eine Freundin lieh mir eine Nähmaschine und die Vermieter erlaubten mir, in der Wohnung zu arbeite. Ich arbeitete manchmal bis zehn Uhr abends und verkaufte die Kleider an Frauen in der Umgebung. Dazu bekam ich nach meiner Probezeit den vollen Lohn. Ich verdiente nun so viel, dass ich endlich alle Schulden abbezahlen konnte.

Schnell gewöhnte ich mich an das Landleben. Drei Jahre vergingen, in denen ich nur gearbeitet habe. Eines Tages bekam ich einen Brief von meiner Schwester aus Teslić. Dort stand, dass ich dringend kommen solle. Ich hatte Angst, weil ich dachte, dass meiner Mutter etwas passiert sei. Ich nahm den ersten Zug nach Doboj. Voller Angst klingelte ich, weil ich glaubte, meine Mutter sei schon tot. Ich dachte daran, dass ich von dieser Frau alles gelernt hatte, ich schulde ihr viel. Als meine Schwester die Tür öffnete, sah sie froh aus. Ich fragte sofort nach meiner Mutter. Die erklärte mir, Mutter sei auf dem Dorf bei unserem Bruder. Mein Schwager kam dazu. Sie hatten drei Kinder und hielten viele Tiere. Das bedeutete immer viel Arbeit für sie, das war in Bosnien ebenso wie in Deutschland. Ich fragte meine Schwester, warum sie mir geschrieben habe. Ihr Plan war, mich zurück aus Slowenien zu holen, sie hatte erfahren, dass es mir dort gut ging. Sie erklärte mir, dass sie wolle, dass ich bei ihnen arbeite, weil ihr Ehemann oft nach Deutschland müsse und sie mir vertraue. Sie versprach mir, ich würde auch bei ihnen gut verdienen. Es sei besser, bei der Familie zu sein. Drei Tage haben sie versucht, mich zu überreden. Am Ende schafften sie es.

Ich rief bei meiner Firma an und gab Bescheid, dass ich nicht mehr kommen werde. Ich konnte nicht ahnen, dass meine eigene Schwester mich betrügen wird. Ich reiste noch einmal nach Ljubljana, um meine Sachen zu holen. Die neuen Bekannten dort waren traurig, als ich mich von ihnen verabschiedete. Ich dachte damals wirklich, dass es für mich besser sei, meine Schwester zu unterstützen. Schon am ersten Arbeitstag war sie streng und schlecht gelaunt. Sie bestimmte, was ich zukünftig alles Zu tun hatte und dass ich auf ihre Kinder aufpassen muss. Morgens um sechs Uhr stand ich auf und fütterte die Tiere. Dann arbeitete ich weiter im Haus. Zu der Zeit bauten sie am Haus an, die Bauarbeiter waren schon dort. Ich musste auch für alle kochen. Meine Schwester hatte hundert junge Hennen gekauft, auch für die sollte ich sorgen. Mir blieb nichts übrig, als zu gehorchen. Denn weggehen konnte ich, meine Arbeitsstelle war weg und ich wollte weiterhin meinem Sohn Geld senden. Nach einem Monat Arbeit blieb der Lohn aus. Man hatte die Arbeit nicht offiziell angemeldet, und auf meine Fragen bekam ich keine Antwort. Ich war wie eine Sklavin in diesem Haus. Ich liebte ihre Kinder, weil ich in ihnen meinen Sohn gesehen habe. Ausgehen war unmöglich für mich. Ich musste sogar, wenn Besuch kam, mit den Kindern in meinem Zimmer bleiben. Abends machte sich meine Schwester fein zurecht und ging aus. Ich merkte, dass etwas nicht stimmte. Sie hatte Geld und dachte wohl, sei könne sich alles kaufen, sogar Liebe. Mein Zustand dort wurde von Tag zu Tag miserabler. Ich war nicht versichert, hatte kein Geld, sogar Besuch empfangen war für mich unmöglich. Mein Leben hatte sich zu einer noch schlimmeren Katastrophe entwickelt.

11. Kapitel

Nach zwei Jahren konnte ich es nicht mehr aushalten. Ich stand an einem Morgen auf und sagte, das jetzt genug ist. Ich hatte zwei Jahre umsonst gearbeitet, keins ihrer Versprechen, hatte meine Schwester gehalten. Ich wollte nur weg aus diesem Haus. Vom Nachbarn erfuhr ich, dass die Firma „Demos" Arbeiter sucht, dort stellte ich mich vor. Ich zog mich an, packte ein paar Dinge zusammen und verschwand. Meine Schwester rief ich an und erklärte ihr, dass ich nicht mehr kommen werde. Sie tobte und schrie, ich solle meine Sachen holen. Ich hatte keine Angst, weil sie mich schon zwei Jahre ausgenutzt hatte. In der neuen Firma fragten sie mich, wann ich mit der Arbeit anfangen könne, ich sagte, sofort.

Ich verdiente wieder Geld und suchte eine Wohnung. Eine Frau erwähnte, sie habe eine Tante, die alleine mit zwei kleinen Kinder wohne, weil ihr Ehemann gestorben ist. Ich bekam das Zimmer für nur 50 DM. Dann wollte ich bei meiner Schwester meine restlichen Sachen holen. Sie war nicht zuhause. Die Kinder waren alleine und weinten, und sie wollten, dass ich bei ihnen bleibe. Ich blieb dort und hatte sie schon fürs Bett fertig gemacht, als meine Schwester auftauchte. Sie kam vom Fahrunterricht und hatte ihren Fahrlehrer ins Haus eingeladen, weil die die Prüfung bestanden hatte. Sie fing an, mich vor dem Mann zu beschimpfen und zu beleidigen. Ich verließ endgültig ihr Haus.

Mit dem ersten Lohn in der Firma „Demos" konnte ich meinem Sohn endlich wieder Geld schicken. Die Frau bei der ich wohnte, hatte ein gutes Herz. Sie war zwar eine Muslima, trotzdem wurde sie für mich eine gute Freundin. Mit ihr konnte ich über alles sprechen, besonders über meinen Sohn. Sie konnte mich verstehen, weil sie ebenfalls alleine mit einem schwierigen Leben fertig werden musste. Meine Schwester wollte nicht mit mir sprechen und ich besuchte sie nicht. Ich blieb weiterhin alleine mit wenig Geld.

Eines Tages tauchte meine Schwester auf. Sie forderte mich auf, bei ihr in ihrer Molkerei zu helfen. Sie habe keine Arbeiter mehr, erklärte sie mir, weil die frech und arrogant seien. Ich sollte die Milcheimer säubern. Sie überredete mich dazu, teilweise wieder bei ihr zu arbeiten. Von da an ging ich jeden Morgen vor meiner Arbeit zu meiner Schwester und schrubbte die Eimer. Dankbar war sie nicht dafür.

Sie hatte enorm Schulden und den Bauern die gelieferte Milch nicht bezahlt. Deshalb ging sie nach Deutschland zu ihrem Ehemann. Meine Mutter passte derweil auf das Haus und die Kinder auf. Eines Tages kam ich von der Arbeit dorthin. Vor dem Haus stand eine Frau und schrie meine Mutter an. Sie hielt einen Stein in der Hand und drohte, sie wolle alles kaputtschlagen. Der Grund war, meine Schwester schuldete ihr 3000 DM und ihre Kinder hungerten. Ein Nachbar erklärte, meine Schwester habe überall Schulden, würde aber nirgends bezahlen, sie benutze das ganze Geld nur für sich. Ich beruhigte die Frau und sagte ihr, dass meine Mutter nichts damit zu tun habe. Dann ging ich zur Bank und hob das Schuldgeld ab und gab es der Frau. Meine Mutter war mir dafür sehr dankbar. Nach einer Weile tauchte meine Schwester auf. Die verhielt sich frech und schrie alle an. Sie wollte nicht mal wissen, wie es uns geht. Ihre armen Kinder waren so alleine, als ob sie keine Eltern hätten. Sie zeigte sich überall, als sei sie reich, dabei lebte sie nur mit Krediten. Ich erzählte das aber niemand.

Sie war neidisch auf mich. Mich liebten die Leute, obwohl ich arm war und sie musste sich die Liebe mit Geld kaufen.

Mein Lohn war gering, dennoch jammerte ich nicht. Von diesem Gehalt konnte ich mir nichts leisten und ich wusste, dass ich dort nicht lange bleiben würde. Ich erkundigte mich, ob es für mich Arbeit in Deutschland gibt. Ich wusste, ich konnte noch mein Ziel erreichen. Eine Kollegin erklärte mir, dass sie einen Mann kenne, der mich nach Deutschland vermitteln könne. Ich lernte ihn kennen. Er war ziemlich dick und ich war misstrauisch. Ich erklärte ihm, dass ich die Arbeit dringend brauchte. Ich schilderte ihm meine ganze Situation, auch, dass ich meinen Sohn mit dem Geld unterstützen will.

Ich hatte inzwischen schon sechs Monate gearbeitet und noch kein Geld auf die Seite bringen können. Er sollte mir eigentlich eine Arbeit in einer Küche suchen, schlug ich ihm vor. Und dass ich ihm 200 Mark von meinem ersten Lohn geben wolle. Er willigte ein. Sicherheitshalber wollte ich dazu, dass er meine Mutter und meine Schwester kennenlernte.

Dann war es soweit. Ich habe mich von allen verabschiedet und brach auf nach Deutschland. In das „Erfolg versprechende Land". Mit mir reisten zwei jungen Frauen aus Tuzla, die wollten auch Arbeit dort finden. Als wir ankamen, sprachen wir kein Deutsch. An diesem Tag konnte ich nicht ahnen, was mit mir alles in diesem Land passieren würde. Das Restaurant in Ludwigsburg, in dem ich arbeiten sollte, hatte den Namen „Elibar". Wir haben uns zuerst mal von er Reise ausgeruht. Der Chef zeigte mir dann, was ich alles zu tun hatte. Ich fing sofort an, mir deutsche Sätze zum Lernen aufzuschreiben.

Einen Monat blieb ich dort und habe von morgens bis abends gearbeitet. Nach der Zeit tauchte der Mann, der mich vermittelt hatte, mitsamt seiner Ehefrau, aus Bosnien auf und brachte mich in ein anderes Restaurant. Wie versprochen, zahlte ich ihm zweihundert Mark für die Vermittlung. Mein Arbeitsplatz war die Küche, dort war ich von morgens 10 Uhr bis Mitternacht. Für einen Arbeitstag mit 15 Stunden habe ich 60 Mark bekommen. Ich kriegte nicht mal mit, wie das Wetter draußen war. Was ist das für ein Land? Das habe ich mich gefragt. Ich fühlte mich sehr allein, ich hatte niemand Vertrauten in Deutschland. Aber ich durfte nicht aufgeben. Der liebe Gott würde mir helfen, glaubte ich ganz fest.

Nach zwei Monate in Deutschland wollte ich meine Schwester besuchen. Ich hatte 1600 Mark bei mir, für den Rest des Lohnes kaufte ich Geschenke. Ich kam mit dem Zug in Teslić an und reiste mit dem Bus nach Podjezero in das Dorf, wo meine Familie war. Ich freute mich darauf, meine Familie sehen zu können. Ich konnte es kaum erwarten, ihnen alles zu erzählen. Von Deutschland, dem kalten Land mit kalten Leuten. Im Bus traf ich eine Bekannte, die traurig aussah. Im Gespräch fragte ich sie nach meiner Schwester und ihrem Mann. Sie erklärte mir, der Ehemann meiner Schwester hätten in Deutschland einen Unfall gehabt. Und sie meinte, dass meine Schwester noch dort sei. Ich konnte es nicht glauben und ging sofort zum Haus meiner Schwester. Auf dem Weg begegneten mir Leute, die mir erklärten, die Kinder hätten Hunger, ich solle ihnen Milch kaufen. Ich habe den Kindern, die alleine waren, noch mehr besorgt und erst mal Essen gekocht. Später brachte ich sie zu Bett und wartete auf meine Schwester. Am frühen Morgen tauchte sie auf. Ihr Ehemann war tot, und sie hatte die Leiche nach Bosnien gebracht. Sie war nun alleine mit drei Kindern und am Boden zerstört.

Ich dachte darüber nach, wie sie weiter zurechtkommen wird; ihr Ehemann hatte Schulden und einige Bauprojekte angefangen. Nach der Beerdigung, fragte mich meine Schwester, ob ich ihr 1000 Mark geben könne, damit sie das Ganze bezahlen kann. Die wollte nicht, dass jemand bemerkt, dass sie kein Geld hat. Ich gab ihr das Geld und bin bei ihr geblieben. Ich konnte sie nicht alleine lassen. Kurz darauf bekam ich einen Anruf aus Deutschland. Mein Chef erklärte mir, ich müsse zum Arbeiten kommen. Und so kehrte ich zurück nach Deutschland.

12. Kapitel

Es war Herbst und zu dieser Jahreszeit war das Restaurant besonders gut besucht. Alle waren froh, dass ich wieder zurückgekommen war. Man hat mich respektiert und nach drei Monaten Arbeit, sprach ich schon ganz gut Deutsch. Der Chef und die Chefin waren zufrieden mit mir. Und sie wollten mich künftig in der Bar arbeiten lassen. Ich war verunsichert, denn man verlangte von mir Dinge, die ich nicht kannte. Das war anfangs ziemlich schwierig für mich. Dazu hat es mich belastet, dass mich niemand aus meinem Heimatland angerufen oder nach mir erkundigt hatte. Und immer wenn ich jemanden im Bosnien anrufen wollte, konnte niemand erreichen. Ich war unglücklich. Aber zeigen durfte ich das nicht, mit den Gästen musste man stets fröhlich gelaunt umgehen.

Mein Deutsch verbesserte sich, das war für meine Arbeit wichtig. Im Restaurant hatte ich mich mit der Zeit gut eingearbeitet, sodass ich dort zufrieden war. Ich wusste, wie ich mich benehmen sollte, wann ich lustig sein musste und wann ich mich ernst zu verhalten hatte. Ich konnte die Gäste einzuschätzen und ich habe auf mich aufgepasst. Obwohl ich ein schwieriges Leben hatte, waren doch keine bösen Leute um mich herum. Ich rauchte nicht, trank keinen Alkohol und nahm keine Drogen. Wenn es mir schlecht ging, schaute ich mir das Bild von der Heiligen Mutter an. Oft betete ich zum lieben Gott um Hilfe. Und ich habe für meinen Sohn gebetet. Ich wollte, dass er nicht traurig ist, weil er ohne seiner Mutter sein muss, und ich wünschte mir, dass er mich liebt. Ich habe Gott auch um Gerechtigkeit gebeten. Und ich weinte oft und lange. Ich glaube, dass der liebe Gott alles sieht, dass er sieht wie ich stark bin und dass er mir Kraft gibt. Ich wusste, dass nur der liebe Gott mir helfen konnte und das er überall ist.

Nach sechs Monaten Arbeit, besuchte ich in mein Heimatland. Ich reise wieder nach Jugoslawien, nach Teslić. In Teslić empfingen mich die Leute in einer schwierigen Situation. Man redete über Krieg. Ich entdeckte überall Werbung für verschiedene Parteien. Ich wusste nicht, was das zu bedeuten hatte. Denn, im Kommunismus gab es keine Parteien, wir waren alle gleich. Für mich war das Ganze merkwürdig. Dann hörte ich, wie die Leute darüber sprachen, dass man Wege aus Teslić blockieren wollte. Daraufhin haben viele Teslić verlassen. Auch mir erschien das bedrohlich. Sofort packte ich meine Sachen, um zurück nach Deutschland zu fahren.

Ich war äußerst bedrückt. Mein Chef bemerkte das und wollte wissen, ob bei uns in Jugoslawien alles in Ordnung sei. Ich sprach nicht über die Situation, und erklärte ihm, es sei alles okay. Trotzdem blieb ich unruhig, konnte mich nicht auf die Arbeit konzentrieren und weinte oft. Ständig dachte ich an meinen Sohn und was mit ihm passieren würde. Dann erfuhr ich von meiner Familie, dass man nicht mehr in die Stadt käme. Alles war für den Krieg bereit. In Slowenien brach der Krieg als, weil Slowenien Serbien den Krieg angekündigt hatte. Erst dann habe ich die Beteiligung der Serben verstanden. Ich verfolgte im Fernsehen aktuelle Nachrichten über mein Heimatland. Ich hatte Angst. Es wurde überall darüber geredet. Alle beurteilten die Serben, obwohl im Restaurant Leute mit verschiedenen Religionen gearbeitet haben. Viele behaupteten, Slowenien habe den Krieg begonnen und dass die Serben nicht schuld seien. Aber man redete darüber, dass die Serben Schweine seien.

Alle meinten, ich sei Katholikin. In dieser Zeit hasste ich manche Leute, ich konnte nicht sagen, dass ich serbischer Herkunft bin. Die Fernsehberichte wurden immer bedrückender, die Medien haben vieles falsch berichtet. Von den Gäste wurde ich oft gefragt, wo ich herkäme. Ich antwortete nur, dass ich aus Yugoslawien komme. Wenn sie mich weiter fragten, erklärte ich ihnen, dass ich eine Katholikin bin. Die Leute waren damit zufrieden, aber ich war tief traurig. Ich fragte mich, warum alle Serben so hassen. Für mich war immer nur der Charakter einer Person wichtig und nicht die Religion oder Nation. Das haben mir meine Eltern so beigebracht.

Es ist eine neue Zeit angebrochen. Jugoslawien wurde in Republiken geteilt. Ich war sehr traurig über das Ganze. Muslime und Katholiken wurden unterstützt, weil Präsident Tito Katholik war. Wir Serben mussten die schwierigsten Arbeiten leisten und unsere Kinder bekamen keine Stipendien. Nur wenn ein Kind Priester wurde, hat die Kirche geholfen. Aus diesem Grund haben viele Kinder Theologie studiert.

Nachdem der Krieg in Slowenien langsam zum Ende kam und sich die serbische Armee aus Slowenien zurückzog, fingen die Auseinandersetzungen in Kroatien an. Ich hatte Angst, dass auch in Bosnien Krieg ausbricht. In Bosnien waren wir alle gleich, obwohl wir verschiedener Herkunft und Religion sind. Immer wieder verfolgte ich die Nachrichten und fand keinen Schlaf. Was wird passieren, fragte ich mich. Für mich war es nicht mehr möglich, in mein Heimatland zu reisen, immerhin war ich in Deutschland sicher. Meine Angst war berechtigt gewesen, mit der Zeit wurde auch in Bosnien gekämpft. Es herrschte Krieg zwischen Kroatien und Serbien. Die Katholiken unterstützten die Muslime, die Serben waren auf sich gestellt.

Die Medien berichteten nur von den Gräueltaten der Serben, den Rest verschwieg man. Ich konnte das nicht ertragen, ich weinte deshalb. In meinem Dorf lebte niemand mehr, alle haben es verlassen. Unser Land war besetzt. Meine Familie ging nach Teslić und viele Leute aus Teslić flohen ins Ausland.

Nur die Serben konnten das Land nicht verlassen. Die ganze Welt half den Muslimen und den Katholiken, meine Familie war auf sich alleine gestellt. Das alles war so schrecklich. Viele meiner Kollegen kamen aus meinem Dorf, aus Jelah und Tešanj. Sie alle waren Flüchtlinge. Viele meiner Landsleute haben auf Baustellen Arbeit gefunden. Ich wusste nicht, ob ich die hassen sollte oder nicht, denn sie waren ja nicht schuld, dass die Politik das Land aufgeteilt hat.

Viele wussten, dass ich serbische Herkunft bin, trotzdem hat mich niemand schlecht behandelt. Ich habe den Leuten geholfen, Arbeit in der Stadt zu finden. Mein Chef kümmerte sich darum, dass ich ein Visum kriege. Er ging mit meinen alten roten jugoslawischen Pass zur Behörde und ich bekam die Aufenthaltserlaubnis für drei Monate. Ich durfte Baden-Württemberg nicht verlassen und mein Geld reichte grade für Unterkunft und Essen. Ich war traurig, fühlte mich von allem Vertrauten entfernt. Viele haben mir geraten, ich solle Papiere kaufen. Aber das wollte ich nicht, es war so, wie es der liebe Gott entschieden hat. Ich wollte nichts Illegales machen, ich glaube an den lieben Gott. Ich war Deutschland dankbar, dass ich bleiben konnte und den Rest würde Gott regeln, dessen war ich mir sicher.

Nach drei Monaten war mein Visum um. Ich bekam eine Verlängerung für sechs Monate, worüber ich wirklich froh war. In Bosnien herrschte eine furchtbare Zeit; es tobte ein echter Krieg und alles war außer Kontrolle geraten. In ein Kriegsgebiet konnte man mich nicht schicken. Ich war zwar beruhigt, aber bei der Arbeit war ich dennoch sehr betrübt. Es war am Neujahrsabend, ich musste arbeiten und das Restaurant war voll. Ich bediente die Gäste, wischte die Tische sauber, und immer wieder liefen mir die Tränen über die Wangen. Meine Gedanken kreisten permanent um meinen Sohn und meine Mutter. Ich wusste nicht, was mit denen passierte, weil ich jeden Kontakt abgebrochen hatte. Meine Informationen kamen nur aus den Nachrichten, aber das war nicht genug für mich. Ich wollte erfahren was in Bosnien wirklich passiert. Die Leute um mich herum feierten und ich war zutiefst traurig. Keiner wusste, wie es mir geht. An diesem Abend lernte ich eine junge Frau kennen, Hana heißt sie. Ich fragte sie, ob sie aus Bosnien komme. Ich ahnte es schon, denn sie hatte das Auftreten einer Bosnierin. Wie war aus Cazin, und sie war jung und naiv. Die Gäste hatten nur Augen für sie. Sie arbeitete ebenfalls in einem Restaurant im Ludwigsburg und ist Muslime. Sie gratulierte mir zu Neujahr und war auch so alleine wie ich, hatte niemanden, mit dem sie ihre Schmerzen und Sorgen teilen konnte. Deshalb lud ich sie zu mir ein. Weil sie so jung war, erst zwanzig Jahre alt, wollte ich sie warnen. Ich erzählte ihr von verheirateten Männern, die oft mit ihr geflirtet hatten und ihr das Leben ruinieren können. Die schaute mich nur an und dachte wohl, dass ich eifersüchtig auf sie bin, weil sie jung und hübsch ist. Für mich wirkte sie wie ein naives Kind, das die Gefahren auf der Welt nicht kannte. Sie war für mich wie eine kleine Schwester. Der Krieg in Bosnien spielte für unsere Freundschaft keine Rolle.

Hana fing in meinem Restaurant mit mir zu arbeiten an, nachdem ich bei meinem Chef ein gutes Wort für sie eingelegt hatte. Wir waren wie Schwestern. Sie hatte ebenfalls ein Visum erhalten. Sie verfolgte ein Ziel: Sie wollte einen reichen Mann kennenlernen, der sie versorgen kann. Der Charakter war ihr nicht so wichtig. Bei mir war das anders, ich suchte immer einen Mann mit einem anständigen Charakter, ob er Geld hatte, war mir egal. Seit meiner Scheidung waren schon zehn Jahre vergangen. Ich dachte oft an meine Zukunft und an die meines Sohnes. Wenn ich einen Mann kennenlernen würde, musste ich erzählen, dass ich einen Sohn habe. Hana hatte es leichter, sie war eine freie, junge Frau.

Eines Tages fand sie einen reichen Mann. Ich kannte ihn, er war Gast in unserem Restaurant. Der war immer gut angezogen, fuhr einen schwarzen Mercedes und besaß ein teures Handy. Meiner Freundin waren diese Sachen wichtig, auch deshalb, weil sie selbst ihren Freunden helfen wollte. Leider war der Mann verheiratet, was ich ihr verriet. Ich warnte sie, sie solle auf sich aufpassen. Aber sie glaubte mir nicht, oder wollte mir nicht glauben und ging weiter mit ihm aus, ins Kasino und chic zum Essen. Irgendwann verbot er Hana, zu arbeiten und bezahlte alles für sie. Er führte ein Doppelleben mit meiner Freundin. Man hörte auch, dass er illegale Geschäfte mache. Ich konnte mich nicht einmischen. Ich sah zu, wie sie sich wie eine Bürokauffrau anzog und sogar als Gast mit ihm in unser Restaurant einkehrte. Ihre Veränderung ging so weit, dass sie mich, als ich sie bediente, hochnäsig behandelte. Sie beleidigte das Personal und war nie zufrieden. Ich erfuhr, dass ihr Typ vier Kinder hatte; drei wohnten in Kurdistan bei den Großeltern, weil ihre Mutter gestorben war. Der vierte Sohn lebte in Polen mit seiner Mutter. Damals war er in Ludwigsburg mit einer Kurdin verheiratet. Meine Freundin blieb bei ihm, obwohl sie das alles wusste. Hana hoffte, dass er sie heiraten würde, das hatte er ihr versprochen. Oft telefonierten wir miteinander. Und morgens vor meiner Arbeit besuchte ich sie öfter. Dabei spürte ich, dass sie tief im Herzen nicht glücklich war. Ihr war Familie wichtig und sie war gutmütig. Hana vertraute darauf, dass der Mann ihr helfen würde.

Mit der Zeit veränderte sich die Situation und sie bekam Probleme mit ihm. Er ließ sie immer öfter alleine in der Wohnung, weil er angeblich auf Geschäftsreisen war. Aber er ging gar keiner richtigen Arbeit nach. Mich respektierte er, ich war auch für ihn wie eine Schwester. Oft rief er mich an und bat mich, Hana zu besuchen, damit sie nicht allein ist. Das habe ich getan, weil ich nicht wollte, dass sie traurig ist. Immer öfter bekam ich Streit zwischen den beiden mit. Sie verlangte von ihm Geld, das sie nach Bosnien schicken wollte. Nur widerwillig gab er ihr etwas. Ich musste ihn oft beruhigen, weil er aggressiv wurde. Die Leute hatten Angst vor ihm. Ich indes arbeitete weiter und war frei. Ich vertraute mein Schicksal Gottes Willen an.

Es kam die Zeit, da beruhigte sich die Situation in Bosnien. Hana war kränklich und reiste deshalb in die Heimat. Nach einer Weile kehrte sie zurück, um sich wieder mit diesem Mann zu treffen. Sie hatte sich verändert, sie war nicht mehr so hübsch. Die beiden stritten oft. Inzwischen hatte er seine Kinder aus Kurdistan nach Deutschland gebracht. Hana betreute die beiden, weil sie hoffte, er würde sie dann mehr lieben und respektieren. Aber er war ein Egozentriker. Die Kinder sprachen kein Deutsch, was weitere Probleme brachte. Dann erfuhr ich, während Hana auf seine Kinder aufgepasste hatte, vergnügte er sich mit anderen Frauen. Ich bekam oft verzweifelte Anrufe von ihr und ich merkte, wie ihr alles an den Nerven zehrte und sie mehr und mehr rauchte.

13. Kapitel

Eines sonntags besuchte ich Hana. Ich arbeitete nicht und habe bei ihr übernachtet. Ihr Typ war nicht da, er war in der Türkei. Als er auftauchte, war er wieder ziemlich mürrisch. Er ließ seine Launen immer an seinen Kindern aus. Er schlug sie und meine Freundin konnte nichts dagegen sagen. Aber dieses Mal hatten die Nachbarn die Polizei alarmiert. Die armen Kinder hatten überall Wunden und wurden von den Polizisten mitgenommen. Man brachte sie später in ein Kinderheim. Und meine Freundin Hana lebte weiterhin mit ihm zusammen.

Inzwischen hatte mein Restaurant den Besitzer gewechselt und ich musste mir eine andere Anstellung suchen. Im Frühling fand ich Arbeit in einem Imbiss. Dort musste ich saubermachen, kochen und die Besucher bedienen. Der Chef war gut zu mir, weil ich ihm keine Probleme machte. Bosnier kamen selten in das Lokal, es waren eher Deutsche. Ich arbeitete von morgens acht Uhr bis Mitternacht und meine Wohnung befand sich in der Nähe. Hana besuchte mich täglich, sie weinte oft und ich habe versucht, sie zum Lachen zu bringen. Etwas bedrückte sie, was sie mir aber nicht erzählen wollte.

Im Fernsehen berichtete man über den Präsidenten der Republik Serbien. Bosnien war geteilt und in Deutschland waren die Leute für oder gegen die unterschiedlichen Seiten. Während der Arbeit hörte ich viele Meinungen. Etliche Leute, die ihre Informationen aus den Nachrichten bekamen, schimpften auf die ganze Situation. Hana und mich hat der Krieg nicht getrennt, wir haben uns trotzdem gegenseitig geholfen und blieben herzlich verbunden. Sie holte ihre kleine

Schwester, die dort auf eine medizinische Schule ging, nach Deutschland. Eigentlich hätte die Schwester leicht eine Arbeit in Deutschland finden können, aber weil sie kein richtiges Visum, sondern nur eine Aufenthaltserlaubnis, wurde alles schwieriger. Nachdem die Schwester da war, verbrachte meine Freundin immer öfter Zeit mit ihr, wir sahen uns immer seltener. Ich habe das schon verstanden, schließlich ist sie ihre Schwester. Für mich hieß das, dass ich wieder oft alleine war und meist in meiner freien Zeit nur Fernsehen geschaut habe. Ich war sehr traurig.

Eines Tages kam ein netter gut aussehender Mann in unser Restaurant. Ich fragte mich, ob er aus Jugoslawien ist oder Deutscher. Er trank nur kurz ein Pils und verschwand wieder. Aber er kam danach immer wieder und ich überlegte, ob er in der Nähe arbeitet. Er war stets schweigsam, deshalb fragte ich meine Chefin, ob sie ihn kennt und ob er eine Frau hat. Sie lachte und wollte wissen, warum ich mich für ihn interessiere. Ich gab zu, dass er mir gefiel. Und sie verriet mir, dass auch er nach mir gefragt habe. Er sei Deutscher und ledig. In dem Augenblick wusste ich, der liebe Gott hatte mir diesen Mann geschickt.

Als er das nächste Mal kam, ertappte er mich, als ich weinen musste und fragte mich, warum ich traurig sei. Wegen des Bosnien Krieges und weil ich nicht wusste, wo meine Familie ist, erzählte ich ihm. Er wollte wissen, welcher Abstammung in sei, weil er damit wüsste, welcher Religion ich angehöre. Ich konnte ihm nicht die Wahrheit sagen, ich hatte Angst, ihn damit zu vertreiben. Allerdings kannte er die Wahrheit schon. Er gab mir ein Taschentuch und seine Handynummer. Ich solle mich melden, dann könnten wir gemeinsam ausgehen. Als er ging, war ich glücklich. Ich habe sofort meine Freundin angerufen, um ihr von den Neuigkeiten zu erzählen, aber es solle ein Geheimnis bleiben, bat ich sie. Sie freute sich mit mir und bestärkte mich, ich solle mit ihm unbedingt ausgehen. Also nahm ich mir allen Mut zusammen und rief ihn an. Ich war aber so aufgeregt, dass ich schon nach dem ersten Klingeln wieder auflegte. Meine Freundin wollte mir helfen und tippte seine Nummer ein. Es war ein anderer Mann am Apparat, sein Arbeiter, wie sich später herausstellte. Ich wusste zu der Zeit nicht, was er beruflich macht. Als er zurückrief, war ich so aufgeregt, dass ich keinen Ton herausbrachte. Oh war mir das peinlich. Wir schafften es aber doch, uns zu verabreden.

Wir besuchten ein Restaurant in der Nähe meiner Wohnung. Schon beim ersten Treffen haben wir uns intensiv unterhalten und erzählten uns gegenseitig, wie es uns seither ergangen war. Er heißt Max und erklärte mir damals, er habe ein kleines Unternehmen, das er aber wegen hoher Schulden schließen müsse. Er sei nie verheiratet gewesen und so alt wie ich, 1958 geboren (er ist nur vier Monate jünger). Von mir erfuhr er, dass ich schon einen Ehemann hatte und einen Sohn habe. Wir merkten, dass wir beide nicht reich waren und beide für unseren Lebensunterhalt hart arbeiten müssen. Wir wollten uns wieder sehen, was wir danach regelmäßig taten. Und je öfter wir uns getroffen haben, desto mehr musste ich auch sonst an ihn denken. Max wirkte stets ausgeglichen und wir hatten vieles gemeinsam. Beispielsweise war es für uns beide selbstverständlich, überall zu helfen.

Es kam Ostern und Max wollte mich seiner Mutter vorstellen. Ich freute mich darauf und kaufte Blumen für das Treffen. Meine Freundin hatte mit eine schicke Bluse geliehen und ich konnte es kaum erwarten, zu erfahren, was weiter passieren wird. Für unsere erste Begegnung hatte Max Mutter Erika ein Essen vorbereitet. Sie erschien mir attraktiv, allerdings wirkte sie, im Vergleich zu meine Mutter in ihrer Art eher kalt. Und ich bemerkte sofort, dass sie vor ihrem Sohn keinen Respekt hatte. Beispielsweise befahl sie Max während unseres Besuchs, er solle die Katzen bürsten, was mich wunderte. Wir übernachten dort. War dort etwas nicht in Ordnung? Das war mein Eindruck, deshalb war ich vorsichtig, bei dem, was ich sagte und tat.

Max hatte eine starke Bindung zu seiner Mutter. Ich vermutete aber, dass sie ihrem Sohn gegenüber hinterlistig war. Mit diesem Gefühl gingen wir zu Bett und konnten nicht schlafen. Wir unterhielten uns die ganze Nacht. Am nächsten Morgen war ich früh wach und wollte Erika einen Guten morgen wünschen. Ich traf sie weinend an und mit dem Bild einer Frau bei sich. Es zeigte Max und sie erklärte mir, dass sie traurig sei, weil ihr Sohn nicht mehr mit dieser Frau zusammen ist. Sie hoffte, ich würde mich von ihrem Sohn trennen. Ich überlegte, was ich mit ihrem Verhalten anfangen sollte und beschloss, Max nichts davon zu erzählen. Noch am selben Tag kehrten wir nach Ludwigsburg zurück und lebten weiter, wie bisher.

Meine Arbeitserlaubnis lief aus. In Bosnien herrschte nach wie vor Krieg und ich musste nach Bosnien, weil inzwischen mein roter Pass ungültig war. Aber einen bosnischen Pass konnte ich nicht kriegen, weil ich serbischer Herkunft bin. Max wollte, dass ich bleibe und mich um ein Visum bemühe. Er schlug vor, ich könne bei ihm wohnen und in seiner Firma arbeiten, was ich dann auch gemacht habe.

Inzwischen hatte er seine Arbeiter entlassen und nur wir beide arbeiteten in seinem Betrieb. Leider hatte mich mein erstes Gefühl nicht getrügt, die Verhältnisse in der Familie waren problematisch. Seine Mutter war stets über alles informiert, es gab eine Frau, eine stolze Katholikin, die Erika Informationen über uns zukommen ließ. Zu unserer Belastung erzählte der Vermieter unseres Arbeitsraumes schlechte Dinge über uns, obwohl er nicht Bescheid wusste, weil er meist auf Baustellen unterwegs war. Max Firma ging es immer miserabler, sodass das Ende drohte. Zu allem Übel wollte seine Familie den Kontakt zu Max abbrechen. Früher hatte die Frau seines Zwillingsbruders mitgearbeitet. Max hatte ihr sogar eine Vollmacht gegeben, damit sie Geld aus der Bank holen konnte. Weil sie von zu Hause aus gearbeitet hatte, hatte Max ihr einen Computer für die Arbeit für seine Firma gekauft. Die Probleme haben angefangen, als sie wichtige Unterlagen verloren (versteckt) hatte. Das Steueramt wollte diese Dokumente sehen, aber Max konnte sie nicht finden. Max suchte sie auf dem Computer, kam aber nicht zurecht. Er beschloss, die Buchhaltung in andere Hände zu geben. Seine Mutter war dagegen und ihm, wenn er seiner Schwägerin den Computer wegnehmen würde, braucht er nicht mehr zu ihr kommen. Später stellte sich heraus, dass sein Bruder den PC für die Feuerwehr benutzt hatte, alle hatten ihn angelogen.

Max stand mit seinen Schulden alleine da und alle waren gegen ihn. Es sind böse Menschen, die ihm alles genommen hatten. Es war schrecklich, ihn so traurig zu sehen, er hatte den schlechten Umgang nicht verdient. Er hat vielen geholfen und umsonst gearbeitet, und jetzt, da er Hilfe brauchte, wurde er von allen im Stich gelassen.

14. Kapitel

Die Lage wurde immer beschwerlicher für Max. Eines Tages, als wir von einer Baustelle heimgekommen waren, kamen wir nicht ins Haus. Der Hausbesitzer, er war Mitglied einer Sekte, hatte er das Türschloss ausgewechselt. Wir fragten, was los ist und Max versuchte ihn telefonisch zu erreichen. Unser ganzes Hab und Gut war in der Wohnung und wir kamen nicht rein. Ohne seine Maschinen konnte Max nicht mehr arbeiten. Sogar sein Anwalt stellte sich gegen ihn. Es war eine furchtbare Lage. Das Schlimmste für Max war, dass seine Familie ihn im Stich gelassen hat. Max musste alles aufgeben. Ohne einen vernünftigen Grund sind wir aus Kornwestheim verbannt worden und mussten uns eine Wohnung in Ludwigsburg suchen.

Sein Leben war hoffnungslos geworden, aber ich wollte ihn in der Situation nicht im Stich lassen, ich wusste von Anfang an, er ist ein anständiger Mann. Er wollte mit dem Leben Schluss machen, das verriet er voller Verzweiflung, denn Sozialhilfe wollte er nicht annehmen. Aber mit seinem Geld konnte er keine Existenz mehr bestreiten, das hat ihn fertig gemacht. Ich versuchte, ihn zu beruhigen, der neue Tag wird besser, versicherte ich ihm immer wieder. Ich bat ihn, mit mir an den lieben Gott zu glauben, der würde uns einen Ausweg finden.

Ich weiß noch, wie wir in der leeren Wohnung auf dem Boden gesessen sind. Und dann haben wir beschlossen, dass wir heiraten.

Seine Mutter war gegen unsere Hochzeit. Trotzdem haben wir es im April 1995 geplant. Auch wenn wir kein Geld für ein Fest übrig hatten, haben wir am 12. Mai 1995 geheiratet. Zuvor hatten wir uns 300 DM geliehen, um passende Kleidung und das Essen bezahlen zu können. Es war ein sonniger Tag. Meine Freundin Hana und Max Zwillingsbruder wurden unsere Trauzeugen. Sein Bruder ging nach der Zeremonie, aber wir anderen fuhren nach Stuttgart, um dort gemeinsam Essen zu gehen. Die Rückfahrt nach Ludwigsburg war ein bisschen turbulent, meine Freundin hatte Probleme mit dem Auto, aber wir haben darüber gelacht. Zurück in unserer Wohnung, gratulierte uns keiner. Meine Familie wusste nicht von unserer Hochzeit, weil ich keinen Kontakt zu ihnen hatte. Am nächsten Morgen richteten wir unsere neuen Papiere und unser Leben ging gemeinsam weiter.

Mein Mann fand bald Arbeit. Alles war knapp und wir drehten jeden Pfennig zweimal um, bevor wir ihn ausgaben. Meine Mutter hatte mir perfekt kochen beigebracht. Ich konnte aus wenigen Zutaten eine Mahlzeit zubereiten, auch das hat uns Geld gespart.

Inzwischen war meine Freundin Hana schwanger geworden. Noch immer war sie mit diesem verheirateten Typen zusammen, und sie wollte das Kind von ihm haben. Zu der Zeit haben sich unsere Wege getrennt, weil sie nach Dresden gezogen ist und ich nichts mehr von ihr erfahren habe. Das machte mich traurig. Ich hoffte immer, dass es ihr gut geht.

15. Kapitel

Ich wollte meine Schwester in Serbien besuchen und Bosnien nach vier Jahren wiedersehen. Sieben Tage Urlaub habe ich dafür bekommen. Ich habe wenig Geld verdient, sodass mein Mann unseren Unterhalt fast alleine erarbeiten musste. Wir konnten uns nicht viel leisten, wir haben quasi damit überlebt. Mein Mann hätte gerne mehr Fleisch gegessen, jedoch war uns das zu teuer. Aber wir wollten alleine klar kommen und bei niemandem um Hilfe bitten. Seine Mutter interessierte es nicht, wie es ihrem Sohn geht, sie hatte ihm nicht mal zur Hochzeit gratuliert. Als wir sie besucht hatten, gab sie mir 500 Mark, die wir für die Anschaffung einer notwendigen Maschine verwendet haben. Und sie meinte, wir sollten uns eine kleinere und billigere Wohnung suchen.

Wir fanden eine günstigere Wohnung, dennoch wurde es finanziell täglich schwieriger für uns. Es spitzte sich alles derart zu, dass Max vor Gericht musste. Er bat seinen Bruder um Hilfe. Der versprach ihm zunächst, er wolle einen entsprechenden Brief ans Gericht schreiben. Max wartete tagelang und voller Angst darauf. Wir konnten uns keinen Anwalt leisten und ohne Hilfe drohte ihm Gefängnis. Aber es kam kein Brief. Verzweifelt rief Max seinen Bruder an und fragte nach dem Schreiben. Er bekam nur eine grobe Absage und, dass er doch in den Knast gehen soll. Ich glaube, seine Frau ist schuld daran. Max konnte es nicht glauben, sie wollten, dass er verhaftet wird, ohne dass er ein Verbrechen begangen hatte. Max hatte seinem Bruder oft geholfen, etwas Geld gegeben oder beim Hausbau mit angepackt, oder sich um Arbeit für seine Schwägerin bemüht. Dazu hatte Max immer selbstverständlich Geschenke für die Kinder seines Bruders gekauft. Die Enttäuschung trieb ihm Tränen in die Augen. Max hatte Angst und wusste nicht mehr, wie es weitergehen soll.

Dann kam der Tag der Gerichtsverhandlung. Er erklärte mir, wenn er nicht zurückkäme, würde er im Gefängnis sitzen. Ich solle Sachen verkaufen, wenn ich Geld brauche. Dann ging er aus dem Haus. Ich weinte und betete zum lieben Gott um Hilfe.

Nach einigen Stunden sah ich ihn vom Fenster aus heimkommen. Und er sah froh aus. Max kam in die Wohnung und umarmte mich. Er erklärte mir, es sei jetzt alles in Ordnung. Das konnte ich nicht glaube und war nach wie vor unruhig. Mit der Zeit merkte ich aber, es ist wahr, und ich begriff, der liebe Gott hatte mir wieder geholfen. Ich schaute in die Kerze, die ich für ihn angezündet hatte und spürte, wie mein Glaube gewachsen ist.

Von Max Familie hatten wir nichts zu erwarten. Keiner hatte sich erkundigt, wie es uns erging. Erika hatte inzwischen ihr Erbe auf seinen Bruder und Max Tochter übertragen. Mein Mann besaß nichts mehr, sein Bruder hatte ihm alles genommen. Gesagt hatte ihm das niemand, er erfuhr es auf der Bank. In den dort hinterlegten Unterlagen stand, dass ein Recht auf das Erbe nur dem Bruder und den Kindern zustand. Max war schockiert, wie konnte ihm das seine Mutter antun? Sie hasste ihn, weil er mich geheiratet hat.

Max erzählte, seine Mutter habe ihn schon als Kind weniger geliebt als seinen Bruder. Der sei immer das bevorzugte Kind gewesen. Sein Bruder habe machen dürfen, was er gewollt habe, Max habe gehorchen müssen. Seine Mutter habe ihn erpresst, sie würde ihn umbringen, wenn er heiratet. Sie gebe ihm an allem die Schuld, aber das habe er mit der Zeit nicht mehr ertragen und sei deshalb aus diesem Haus fortgegangen. Wegen ihr hatte er viel verloren. Hätte sie ihn anders behandelt, wäre es ihm in vielem besser ergangen. Letztlich war sie auf sein Geld aus, er hatte gearbeitet und sie hatte kassiert. Max hatte seiner Mutter geglaubt, die ihn aber am Ende belogen hatte. Er konnte es nicht glauben, dass sie nur an sich denkt.

Meine Schwiegermutter respektierte mich und wir haben mit ihr nie über unsere finanziellen Probleme gesprochen. Sie sollte nicht erfahren, dass wir kein Geld hatten. Wir taten so, als sei alles in Ordnung. Fleisch leisteten wir uns nie. Von Max Gehalt allein, konnten wir irgendwann die Wohnung nicht mehr bezahlen. Über das Amt wurde uns eine Günstigere angeboten. Max brach nervlich zusammen, weil er nicht wusste, wie wir existieren können und weil uns keiner helfen wollte. Aber es musste ja weiter gehen. Ich habe mir die kleinere Wohnung alleine angeschaut, sie war schlicht und billig, sodass ich zugesagt habe.

Seine Familie mied den Kontakt mit uns, ihnen lebten wir zu primitiv. Sie fuhren dicke Autos und sie kriegten alles auf Kredit. Ihr Urlaub führte sie nach Afrika und andere exotische Ziele, und wir wussten nicht, was wir morgen essen oder ob wir überhaupt Mittagessen haben werden. In Bosnien hatte sich die Situation beruhigt. Viele Flüchtlinge fanden dort Zuflucht, womit ich kein Problem hatte. Mein Visum galt seit zwei Jahren und ich bat darum, das wir gemeinsam nach Bosnien reisen, um meine Mutter und meinen Sohn zu besuchen. Das wollten wir machen.

Ich reise voraus, um zu sehen, wie die Situation ist. Ich fand meine Mutter alleine und verwahrlost in einem Haus. Nur eine Katze war bei ihr. Zunächst putzte ich ihr Zimmer und kochte für sie. Ich versprach, ihr das Nötigste aus Deutschland zu schicken. Ich weinte tagelang wegen ihres Zustands. In einem anderen Haus habe ich meine Geschwister gefunden. Sie waren völlig verarmt, es war eine schreckliche Situation. Das Haus gehörte einem Muslim, wenn er zurückkehren würde, müssten sie es verlassen. Ihr eigenes Hab und Gut war verbrannt. Bosnien war in einem chaotischen Zustand. Es war nicht mehr das Land, welches ich verlassen hatte. Und ich wusste nicht, wo mein Sohn ist.

Ich hatte keinen Kontakt mehr nach Doboj. Zurück in Deutschland, packte ich vier Reisetaschen voll mit Sachen und reiste mit Max nach Bosnien. Ich wollte ihn meiner Mutter vorstellen, bevor sie stirbt. Max besorgte ihr Holz zum Heizen und was sie sonst zum Leben brauchte. Meinen Geschwistern hatte ich Kleidung mitgebracht. Mit Geld konnte ich ihnen nicht helfen, wir hatten selbst nicht genug. Meine Schwester war in Zenica im Gefängnis, weil sie in die Kirche gegangen war. Ich durfte sie nicht sehen und ihre Situation machte mich traurig. Meine Mutter hatte uns Socken gestrickt, Max hatte sich besonders darüber gefreut.

Während unseres Besuchs in Bosnien wollten wir meine Schwester in Teslić besuchen. Sie war zu beschäftigt, sodass wir sie nicht sehen konnten. Sie hatte viele Leute beschäftigt, durch Kredite bezahlte sie die Arbeiter. Unglücklicherweise konnte sie das Geld nicht an die Bank zurückzahlen, weshalb die Schuldenbelastung bestehen blieb.

Wir reisten zurück nach Deutschland und niedergeschlagen fragte ich mich, warum alles so erbärmlich sein musste. Warum hatte die Leute alles verloren? Auch wir hatten in Deutschland wieder Schwierigkeiten. Oft schickte ich Hilfsgüter mit einem Bus nach Bosnien, der von Stuttgart abfuhr. Später habe ich erfahren, dass ein Gemeindeverwalter in Teslić die Sachen für sich behalten hat. Er war Flüchtling aus Sarajevo-Sokolac. Max meinte, nur der erste Mann könne uns helfen. Aber er hatte selbst Probleme mit der Familie als alleinerziehender Vater mit zwei Kinder, seine Frau war gestorben. Außerdem war seine Mutter ein Pflegefall und er musste sich allein um alle kümmern. Der Krieg hatte allen nur Kummer gebracht. Schließlich sind wir Freunde geworden, haben ihm Medikamente geschickt, dafür überbrachte er unsere Spenden nach Bosnien. Wir konnten uns auf ihn verlassen, er hat alles direkt überbracht und nichts geklaut.

Wir überlegten uns, ein kleines Unternehmen in Bosnien zu gründen. Wir wollten Fenstern und Türen produzieren. Um alles zu organisieren, reiste ich oft nach Bosnien. Aber als ich das Unternehmen in Sarajevo anmelden wollte, haben sie uns abgelehnt. Wir beschlossen, es in Teslić zu versuchen. Es liegt in serbischer Region, trotzdem hatten wir auch dort kein Glück. Das erste Mal hasste ich die pauschale Feindschaft gegen die Serben. Mit dem Betrieb wollten wir Arbeitsplätze für die Leute schaffen. Die neuen Machthaber lehnten es ab, uns zu helfen. Ich wollte die Idee aber nicht aufgeben.

Ich fragte mich, wie ich den Menschen meiner Stadt helfen könnte? Von dem, was wir verdienten, konnten wir nichts weg sparen. Das Leid nahm kein Ende. An einem Winterabend besuchte uns ein Freund meiner Schwester, der in Philippsburg wohnte. Ich spürte, dass etwas passiert ist. Er erzählte mir, dass meine Mutter gestorben ist. Am nächsten Morgen sei Beerdigung. Oh je, so bald, ich konnte es nicht schaffen, daran teilzunehmen. Es war entsetzlich, der Krieg hatte meiner Mutter alles gestohlen. Sie hatte mir geklagt, wie Muslime unsere Verwandte festgenommen hatten. Was musste sie nicht alles erleben ... Sie hatte uns Kinder geboren und erzogen, einige beerdigt, Hunger erlebt und jetzt dieser Krieg. Ihr Herz konnte das nicht mehr aushalten. Sie ist in ihrem achtzigsten Lebensjahr gestorben. In meinem Herzen lebt sie ewig.

Sie war eine gute Frau und eine liebevolle Mutter, die sich stets für ihre Kinder eingesetzt hat. Ich wollte meine Mutter noch einmal sehen. Mein Mann bat Erika um 600 Mark, damit wir auf die Beerdigung gehen könnten. Sie lehnte es ab. Ich weinte, Max ebenfalls. Seine Mutter war eine kalte Frau. Sie rief nicht an, um mich zu fragen, wie es mir geht. Leider schaffte ich es nicht auf die Beerdigung meiner Mutter. Zwei Monate habe ich nur geweint. Während dieser Zeit hasste ich Erika. Ich habe immer gewusst, dass sie mich nicht mag und nur meinem Mann zuliebe, habe ich sie respektiert. Ich war unendlich traurig, weil ich meine Mutter nie wieder sehen werde.

Mein Mann arbeitete tagsüber schwer auf den Baustellen. Am Abend, wenn er heimkam, wollte ich nicht, dass er merkt, dass ich den ganzen Tag geweint hatte. Mir tat alles weh und ich hatte Angst, mein Mann würde wieder einen Nervenzusammenbruch bekommen. Er wusste, dass ich die einzige Person bin, die ihn nicht im Stich lassen wird.

Er war immer gut zu mir und sah, wie ich litt, weil ich meine Familie nicht sehen konnte. Ich bin ihm dankbar, weil er das alles verstanden hat und er war immer aufmerksam. Ich liebe ihn. Max ist ein herzlicher Mann und hat ein reines Herz. Er war ein korrekter Soldat und fleißiger Arbeiter, trotzdem haben ihn viele Leute nicht geliebt. Man hat ihn angelogen und er musste grausame Dinge erleben, bevor er mich geheiratet hat.

Dann hat er sich von seiner Familie distanziert. Seine Mutter erfuhr nichts mehr von seinen Vermögensverhältnissen, sein Bruder konnte ihn nicht mehr um Hilfe bitten, sie alle haben nichts mehr von seinem Privatleben mitbekommen. Sie versuchten, ihn zu erpressen, ich erklärte ihnen aber, dass unser Privatleben nur unsere Sache ist. Sie mischten sich daraufhin immer weniger in unser Leben ein. Heute gibt es wieder Kontakt und wir reagieren auf Erikas Wünsche. Wir helfen ihr und kümmern uns, wie es uns geht, fragt niemand. Wir wollen in Ruhe leben und sie nicht verletzen und ein reines Gewissen haben. Ich verhalte mich neutral, weil sie seine Mutter ist, der liebe Gott wird schon alles gerecht richten.

Nach einer gewissen Zeit hatten wir wieder eine Idee. Wir wollten in Deutschland ein Bauunternehmen unter einem Namen gründen. Ich erhielt ein unbefristetes Visum, so war es möglich. Wir besaßen 500 Mark, wovon wir uns ein Auto kauften. Einen Passat, der taugte für die Fahrten auf die Baustellen. Es war ein bescheidener Anfang. 1999 wurde unser Leben besser. Endlich waren wir unabhängig und es kam Geld ins Haus.

Eines Tages traf ich in Stuttgart auf der Bushaltestelle meine alte Freundin Hana. Die sah miserabel aus und erzählte mir, ihr Mann säge im Gefängnis. Auch, dass sie ein Kind habe und bei ihrer Schwester in Kornwestheim wohnen würde. Seit diesem Tag besuchte sie mich jeden Sonntag mit ihrem Sohn. Bei uns im Hause war es entspannt und ich kochte für uns alle. Sie erzählte uns, sie habe wieder einen Mann gefunden und sie bat mich, ihr dabei zu helfen, dass sie in Deutschland bleiben und ihr Sohn ein gutes Leben haben kann.

Ich merkte, dass sie nicht mehr nur an sich denkt und das Schicksal wollte, dass ihr erster Mann ins Gefängnis musste. Schließlich bekam sie ihr Visum, aber Liebe und Sicherheit von einem Mann nie. Sie arbeitete als Kassiererin in einem Supermarkt, um ihrem Sohn die Schule bezahlen zu können. Außerdem hatte sie Putz Jobs. Später lernte sie einen Mann aus Bosnien kennen und sie haben geheiratet. Auch in dieser Beziehung hat es Probleme gegeben, trotzdem sind sie zusammengeblieben. Indes lief unser Geschäft ordentlich. Es gab Kundschaft und wir verdienten Geld. Im Jahr 2000 schafften wir es, ein Grundstück im Teslić zu kaufen, das war mir enorm wichtig. Damals wollte ich meinen Sohn im Sarajevo besuchen, weil ich erfahren hatte, dass er dort bei seiner

Tante und seinem Onkel wohnt. Seine Oma erklärte mir, sie müsse ihre Tochter fragen, ob ich meinen Sohn sehen könne, weil er nun ihr Kind sei. Ich konnte nicht glauben, was ich hörte. Ich erklärte ihr, ihre Macht sei vorbei, sie könne mit mir nicht mehr machen, was sie wolle. Keine Tyrannei mehr! Ich wollte meinem Sohn nicht nur Unterstützung schicken und ihn dann nicht sehen dürfen. Sein 18. Geburtstag stand bevor. Also rief ich seine Tante an und sagte ihr, ich wolle zu Besuch kommen. Sie behauptete, Mihail sei ihr Kind, sie erlaube mir aber trotzdem, ihn zu sehen. Allerdings wolle mein Sohn mich nicht sehen. Ich war nur froh, dass ich die Erlaubnis hatte, ihn zu treffen und konnte es nicht erwarten, meinen Mann von allem zu erzählen. Er sah mich glücklich und wusste, dass etwas Gutes passiert war. Ich fragte ihn, ob ich nach Bosnien reisen könne. Er bestärkte mich und meinte, ich solle meinem Sohn alles kaufen, was ich denke, dass er braucht. Das habe ich gemacht.

Der Junge studierte damals schon. Ich hatte Angst vor unserem Treffen, ich wusste nicht, wie er auf mich reagieren wird. Er wusste ja nicht viel von mir. Endlich nach so langer Zeit konnten wir uns wiedersehen! Mein Mann empfahl mir, unseren Bosnienboten anzurufen, weil er Sarajevo kennt. Ich wäre dann dort nicht alleine. Bald reisten wir nach Bosnien,

Dort angekommen, begaben wir uns sofort nach Sarajevo. Ich konnte es kaum erwarten, Mihail zu sehen. Wir fanden seinen Wohnort und traten vor die Eingangstür. Die Taschen voller Geschenken hatte ich im Auto gelassen. Ich klingelte und seine Tante öffnete. Die lachte böse und ließ uns ein.

Nach unserer Begrüßung blieb Mihail verschwunden. Sie bemerkte kalt, er wolle mich nicht sehen, er sei in seinem Zimmer. Ich war geschockt und wollte es nicht glauben. Ich verlangte, zu ihm gehen zu dürfen, sie lehnte es ab. Voller Verzweiflung liefen mir die Tränen über die Wangen. Nach einer Weile rief sie ihn. Mihail trat vor mich und gab mir widerwillig die Hand. Ich umarmte ihn, wogegen er sich sträubte. Ich spürte, dass seine Tante ihm befohlen hatte, sich so abweisend zu verhalten. Er konnte mir nicht in die Augen sehen und schwieg. Ich konnte diese eisige Kälte nicht aushalten, rannte in sein Zimmer und weinte bitter. Dreizehn Jahren hatte ich meinen Sohn nicht gesehen und immer noch wurde er von mir ferngehalten, es war schrecklich. Diese Familie herrschte brutal.

Nach einer Weile hatte ich mich ein wenig beruhigt und wir setzten uns zusammen. Ich war unendlich traurig. Sie hatten meinem Sohn nicht erlaubt, sich neben mich zu setzen. Er konnte nicht mit mir sprechen und auch ich war verstummt. Ich dachte für mich, dass ich alles tun muss, um mit Mihail allein zu sein, damit ich ihm die ganze Wahrheit erzählen kann. Nach einem gemeinsamen Essen, befahl seine Tante meinem Sohn, er solle in sein Zimmer gehen. Ich widersprach, schließlich wollte ich ihm seine Geschenke geben.

Er freute sich über meine Mitbringsel, er konnte alles gebrauchen. Die Zeit war schwierig, es herrschte noch Krieg im Land. Wegen der Anwesenheit seiner Tante, durfte er seine Freude nicht zeigen, das habe ich gespürt. Mihail verhielt sich während der ganzen Zeit sehr ernst. Ich schaffte es, ein Foto von uns allen zu machen. Und ich sagte ihm, dass ich ihm die ganze Wahrheit sagen wolle und dass wir in Kontakt bleiben sollen. Der antwortete „gut" und lachte endlich einmal. Seine Tante hat das nicht gesehen. Sie erklärte mir, sollte ich meinem Sohn wieder Geld schicken, müsse das an ihre Adresse gehen. Oh je, sie behandelte Mihail, wie seinen Vater.

Dann kam unser bosnischer Freund dazu. Die Tante meines Sohnes flirtete mit ihm ungeniert, als ob ihr Mann nicht da wäre. Die war eine Kokette und schamlos frech. Ich merkte, dass mein Sohn nur mich an schaut und bekam das Gefühl, mein Herz springt gleich heraus. Ich zeigte es aber nicht. Nachdem ich mich von ihm verabschiedet hatte, versprach ich Mihail, dass ich wieder kommen würde. Ich hatte kein positives Gefühl beim Verlassen des Hauses.

Ich musste auf diesen Schock hin etwas trinken, deshalb kehrten wir in ein Lokal ein. Sie ganze Situation war furchtbar gewesen. Später als ich in der kleinen Wohnung, die ich gemietet hatte, war, legte ich mich hin und weinte lange.

Mihail ging mir nicht aus dem Kopf. Ich fragte mich, ob es jemals eine Beziehung mit meinem Sohn geben wird, und ob er mich irgendwann Mutter nennen wird.

Nachdem ich in Teslić alles erledigt hatte, kehrte ich zurück nach Deutschland. Max freute sich für mich über das Treffen mit meinem Sohn. Er wusste, wie viel mir das bedeutet. Ich erklärte ihm, dass ich den Kontakt zu Mihail halten will und ihm helfen, wenn er etwas braucht. Zum nächsten Osterfest habe ich meinen Sohn wieder besucht und Geschenke gebracht. Die Situation war nicht besser als beim ersten Mal. Der Sohn der Tante, der in Barcelona studierte, war mit dabei. Jetzt war ich auf alles vorbereitet. Mein Sohn schwieg wieder meistens. In seinen Augen sah ich die Freude über mein Kommen, offiziell gezeigt hat er es nicht. Er musste mich ja erst mal kennenlernen, erklärte ich mir sein Verhalten. Für ihn war ich eine fremde Person.

Seine Tante schickte Mihail in sein Zimmer, um mit mir alleine zu reden. Und das wüst und laut, deshalb sollte er nicht dabei sein. Sie zeigte wieder ihr wahres Gesicht; dieses Gesicht, das jeden beleidigt und niemanden liebt. Während der Auseinandersetzung hielt sie ein Messer in der Hand und fragte mich in aggressivem Ton, warum ich ihren Bruder verlassen habe. Ich erklärte ihr, dass er sich ebenfalls von mir habe scheiden lassen wollen. Warum ich das Leben mit ihm nicht ausgehalten hätte, wollte sie wissen. Und warum ich herum erzählt hätte, dass er mich geschlagen hat. Die Unterhaltung wurde zum lauten Streit. Als sie mich wieder anschrie, kam ihr Sohn dazu. Er forderte sie auf, leiser zu sein. Ich konnte den Hass in ihren Augen sehen und nahm mir vor, nie mehr in ihre Wohnung zu kommen. Meinen Sohn wollte ich in Zukunft anders treffen. Sie war neidisch, weil mein Leben sich so positiv entwickelt hatte. Außerdem hatte sie Angst, dass mein Sohn mit mir kommt.

Auf einmal wurde sie still, mit bitterer Miene. Sie setzte sich und blieb stumm. Ihr Sohn sprach mit mir und interessierte sich für mein Privatleben. Ich vermute, dass das alles zuvor besprochen wurde. Ich fragte mich, ob diese Leute je im Leben Anstand lernen. Inzwischen besaß sie keine 12000 Euro mehr. Ihr Mann hatte früher im Irak ordentlich verdient. Nun, seit mein Bruder mein hart erarbeitetes Geld in die Kneipe getragen hat, war sie keine reiche Frau mehr. Die Kinder, die aus dem Kommunismus stammen, wurden durch den Krieg nicht zum positiven verändert. Sie verstanden nicht, dass sie alles verloren haben. Der Krieg hat so viel zerstört, das merkte man in ihrem Haus. Das war der Grund, warum ich ihr das Geld schicken sollte und nicht meinem Sohn. Aber das wollte ich nicht. Wir beendeten diesen Tag mit Streit und ich war nur ein Gast in diesem Haus, mehr nicht. Mein Sohn musste noch immer in seinem Zimmer bleiben, sodass ich mich nicht von ihm verabschieden konnte, nur von der herzlosen Frau. Mein bosnischer Freund holte mich ab und fuhr mich nach Teslić. Ich weinte wie ein kleines Kind.

Mein Freund beruhigte mich. Ich musste wieder mit ansehen, was sie aus meinem Sohn gemacht hatte, und ich hatte seine Angst gespürt. Sie hat ihn ruiniert und sie behandelt ihn wie ein kleines Kind. Dabei war er schon 18. Wieder reiste ich nach Deutschland zurück. Aber dieses Mal nahm ich mir vor, nicht mehr in dieses Haus zu gehen, weil ich Mihail ja eh nicht sehen durfte.

Nach sieben Tagen habe ich meinen Sohn ans Telefon verlangt. Seine Tante weigerte sich, ihn zu holen. Beim nächsten Telefonat erklärte sie mir, er sei nicht da. Ich wusste, dass ich ihn auf diese Art nicht erreichen würde und rief nicht mehr an. Allerdings setzte ich alle Hebel in Bewegung, um die Telefonnummer meines Sohnes zu erfahren.

Ich schaffte es, und ich dankte dem lieben Gott von Herzen. Ich wollte nur mit ihm sprechen und weinte, weil ich wusste, der liebe Gott hat mich gesehen. Und ich war mir sicher, dass Mihail mit mir reden wird. In diesem Moment spürte ich, wie ich innerlich Kraft bekam und wählte seine Nummer. Mihail meldete sich am anderen Ende. Er redete leise und mit ängstlicher Stimme. Ich fragte ihn vorsichtig, wie es ihm ginge.

Er erklärte, alles sei okay und wollte wissen, warum ich ihn über sein Handy anrufen würde. Ich hätte schon mehrmals bei seiner Tante angerufen, sagte ich ihm und auch, dass sie Gespräche zwischen uns nicht erlaubt hat. Mein Sohn wusste nichts von meinen Anrufen. Ob wir uns in Sarajevo, vielleicht in einem Restaurant, treffen könnten, bat ich ihn. Ich wollte ihn alleine sehen und nicht mit den Leuten, die schuld sind, dass wir nicht zusammen sind. Mir wurde bewusst, dass mein Sohn von mir nur wusste, was die Familie über mich erzählt hatte. Ich wollte ihm alles aus meiner Sicht erzählen. Sodass er besser darüber urteilen kann, warum ich ihn verlassen habe und wie sich alles ergeben hat.

Mihail meinte, er sei ebenfalls froh, wenn wir uns sehen. Er gab mir einen Tag und Uhrzeit durch, wann er Zeit hätte, er musste immer pünktlich zu Hause sein. Ich merkte mir den Termin und legte auf. Ich war dankbar dafür, dass ich ihn endlich alleine sehen würde. Ich konnte es kaum erwarten, meinem Mann davon zu erzählen. Max merkte, wie froh ich geworden bin und bestärkte mich, meinen Sohn zu treffen, wann immer es ginge. In diesem Moment liebte ich ihn noch mehr. Ich dankte dem lieben Gott immer wieder dafür, wie sich alles so gut gefügt hat.

Ich kaufte nochmal kräftig ein, packte schon alles zusammen und wartete ungeduldig auf den Tag, an dem ich abreisen durfte. Der Tag davor erschien mir unendlich lang, die Stunden wollten einfach nicht enden. Dann musste ich nur noch eine Fahrkarte kaufen und reiste nach Teslić in meine gemietete Wohnung, die später Mihail übernehmen soll. Wieder kontaktierte ich meinen bosnischen Freund, der mich an besagtem Tag nach Sarajevo fahren würde. Nun konnte ich erleichtert durchatmen.

Mein Sohn wartete in Sarajevo in der „Skenderie" auf mich. Wir gingen in das Restaurant, das er ausgesucht hatte und wir setzten uns in eine gemütliche Ecke und bestellten uns Getränke. Eigentlich wollte ich ihn nur sehen, mehr nicht. Mein Sohn drehte sich während der ganzen Zeit immer wieder um. Er hatte Angst, dass ihn jemand erkennen könnte. Ich tat so, als bemerke ich es nicht. Ich kannte die böse Situation aber sprach es nicht an. Wir sollten doch eine gute Zeit zusammen haben. Wir redeten über seine Schule, von meinem Leben, und dass wir nicht von seiner Familie sprechen wollten. Ich fragte ihn, ob sie darüber informiert seien, dass wir zusammen sind. Er sagte nichts dazu. Mir war dann klar, wovor er Angst hatte, es war ihm verboten, sich mit mir treffen.

Mihail sah elend aus, so als ob er tagelang nicht gegessen hätte. Ich wusste, dass er traurig ist, weil wir keinen normalen Kontakt haben können. Ich sagte, dass er bestellen könne, was er wolle, egal was es koste und wir haben uns beide etwas ausgesucht. Die ganze Zeit über musste ich ihn anschauen, ich glaube, er hat es nicht bemerkt. Äußerlich sah er zwar aus wie erwachsener junger Mann, aber ich sah Leiden in seinen Gesichtszügen. Ich versuchte Scherze zum machen, um ihn zum Lachen zu bringen, er war einfach zu ernst. Trotzdem war ich etwas ängstlich über seine Reaktion und überlegte mir, dass wir uns erst das dritte Mal, seit er erwachsen ist, gesehen haben. Ich beruhigte mich selbst, indem ich mir sagte, dass alles sein soll, wie es ist.

Wir haben mehrere Stunden miteinander verbracht. Meine Geschenke konnte er leider nicht annehmen, er habe keinen Platz, um sie zu verstecken. Seine Tante dürfe es nicht sehen, erklärte er mir. Aber Geld nahm er an. Ich wollte, dass ihm Taschengeld zur Verfügung steht. Beim Abschied war er froh darüber.

So hat unsere Beziehung begonnen. Während meiner Rückreise nach Deutschland konnte ich nur an meinen Sohn denken. Ich freute mich über unsere Begegnung, war aber auch traurig, weil ich merkte, dass etwas mit ihm nicht in Ordnung ist. Ich wusste zu wenig über ihn Bescheid und nahm mir vor, mehr über ihn zu erfahren. Etwas machte ihn traurig, spürte ich als Mutter. Aber erzählen konnte er mir nichts darüber. Ich hoffte, dass sich das ändern wird, sobald er mich besser kennengelernt hat. Daraufhin habe ich ihm viele Briefe geschrieben.

Mihail sollte frei werden, wünschte ich mir. Er sollte selbstständig sein und ein eigenes Leben führen dürfen. Ich wollte nicht, dass er lebenslang mit seiner Tante verbringen muss. Es bestand die Gefahr, dass er ein Sklave in dieser Familie bleibt. Ich hatte diese Geschichte mit seinem Vater erlebt. Meine Nachrichten haben meinen Sohn berührt. Und ich merkte, dass er sie vor seiner Tante versteckt. Ich war immer wieder entsetzt darüber, was Mihail alles diesem Haus erledigen musste, von kochen bis putzen. Er war verpflichtet dazu, weil er dort lebte.

Wir schickten uns wöchentlich Nachrichten. Und ich merkte, wie er immer besser gelaunt wurde. Wenn er was gebrauchte, habe ich es ihm mit dem Bus geschickt. Er sollte es leichter haben, wie ich es hatte. Anfangs habe ich ihm alles gegeben und er erklärte, dass es keiner von der Familie wusste.

Wir trafen uns wieder, immer in verschiedenen Restaurants. Ich war sehr traurig, weil wir uns verstecken mussten. Jedoch wusste ich, dass das nicht anders ging, Mihail hatte Angst. Immer besser lernten wir uns kennen und ich wollte, dass er merkte, dass ich alles tue, damit wir uns sehen können. Ich reiste manchmal tausende Kilometer, nur für ein Essen mit ihm. Leider blieb er immer ein wenig abweisend und ließ kein bisschen Zuneigung erkennen. Vielleicht konnte er das nicht zeigen, dachte ich mir. Manchmal haben mir seine Worte weh getan. Aber er wusste nicht, wie es mir geht, keiner sollte das wissen. Deshalb habe ich immer aufgepasst, was ich vor meinem Sohn sage. Und ich habe ihm nie etwas versprochen, was ich nicht halten konnte. Ich wusste, wie seine Familie lebt. Obwohl die kein Geld hatten, wollten sie ein pompöses Leben. Ich musste Mihail erklären, was es bedeutet, mit wenig Geld auszukommen. Ebenso, dass ich nicht reich bin, obwohl ich ein kleines Unternehmen in Deutschland und einen deutschen Ehemann habe. Wir mussten, wie viele, für unser Geld hart arbeiten. Trotzdem waren wir froh, dass wir anderen helfen konnten, weil wir wussten was es heißt, mittellos zu sein.

Das Leben in Deutschland ist teuer, musste ich Mihail ernüchtern und dass wir vom Verdienst einiges an Steuern zahlten. Außerdem hatten wir nicht jeden Tag Aufträge und wir finanzierten Wohnungen in Deutschland und Bosnien, dazu das Haus, in dem meine Familie gelebt hat. Schon ein einfacher Lebensstandart in Deutschland ist teuer, machte ich ihm immer wieder klar. Ich wusste nicht, ob Mihail mir das geglaubt hat, dennoch sollte er wissen, dass es in meinem Leben nicht nur rosig läuft.

Nach ein paar Jahren hat sich endlich eine feste Beziehung entwickelt, zumindest dachte ich das. Was meinte Mihail dazu? Ich fragte mich, wofür die enorme Summe, die ich ihm immer wieder geschickt hatte, ausgegeben wurde. Denn mir fiel auf, dass er stets einfach und gleich angezogen erschien. Ich war misstrauisch und ahnte, ich musste vorsichtig sein. Eines Tages fragte ich Mihail, was aus dem Geld geworden sei. Seine Familie habe davon erfahren und es ihm abgenommen, erfuhr ich entsetzt. Das war der Grund, warum er mit der Zeit immer mehr verlangt hatte. Traurig sah ich ein, dass mein Sohn mich nicht liebt. Ich wusste, dass sie ihn ausnutzten. Sie haben von meinem Geld leicht gelebt. Aber ich bin mir sicher, dass Mihail ein guter Mensch mit einem guten Herzen ist. Er wollte, dass es seiner Familie ordentlich geht, und er hat dabei nicht an mich gedacht. Außerdem war ich mir sicher, dass sie Mihail dazu gezwungen hatten. Er wusste, ich würde ihm jeden Fehler verzeihen. Aber dass das sich ändern könnte, daran hat er nicht gedacht.

16. Kapitel

Eines Tages lud ich Mihail nach Teslić ein. Ich wollte ihm die ganze Wahrheit über mein Leben erzählen, er wusste nicht, was ich alles erlebt hatte und warum ich alle die Jahre weg gewesen war. Mein Sohn war schon ein erwachsener junger Mann und konnte sich ein eigenes Bild von der Realität machen. Aber noch immer war er sehr ängstlich. Ich wusste, er würde Hilfe brauchen, um die Angst zu besiegen. Seine Familie wusste nichts über Mihails Besuche bei mir, sonst könnte er sich daheim nicht mehr blicken lassen. Ich bestärkte ihn, mich zu treffen und übernahm die Fahrtkosten. Einen Tag vor seinem Besuch reiste ich nach Bosnien, um unser Treffen vorzubereiten. Ich wollte ihm ein leckeres Essen kochen und alles gemütlich herrichten. Am vereinbarten Tag wartete ich auf ihm. Um zehn Uhr wollte er da sein, um elf fragte ich mich, ob er überhaupt kommt. Dann klingelte das Telefon. Er wisse nicht, wo ich wohne, hörte ich ihn sagen. Ich ging los, um ihn abzuholen. Er war mit seinem Freund, der ihn nach Teslić gebracht hat, am vereinbarten Ort.

In meiner Wohnung stand schon das Essen auf dem Tisch. Nachdem mein Sohn und sein Freund sich gesetzt hatten, wunderte er sich darüber, warum ich mir so viel Mühe gemacht hatte. Wir aßen und ich freute mich zu sehen, dass es ihm schmeckte, besonders mein Salat. Nach dem Essen verließ uns sein Freund. Er könnte mich alles fragen, erklärte ich Mihail.

Er wollte wissen, warum ich ihm keine Postkarte geschickt hatte, als Zeichen, dass ich an ihn denke. Aus diesem Grund sei er sauer mit mir. Ich widersprach ihm und erklärte, dass ich im unzählige Male Sachen geschickt hatte. Hatte er sie nie erhalten? Ich erfuhr entsetzt, seine Tante hatte ihm all die Jahre meine Sendungen vorenthalten.

Er war schockiert. Ich beschwichtigte ihn, mir zu glauben, ich könne alles beweisen. Aber er solle stark bleiben mit dieser neuen Erkenntnis. Und seine Tante nicht beschuldigen, wenn er nach Hause kommt. Ich sagte ihm, dass er schließlich ein erwachsener Mann ist und jetzt sein Leben selbstständig gestalten soll. Seine Tante solle sich für die Zukunft eine andere Haushaltshilfe suchen.

Im Schlafzimmer suchte ich alle wichtigen Unterlagen heraus. Dokumente, die ich besaß, seit dem Tag, als ich ihn verlassen musste. Und die belegten, wann sie mir verboten hatten, ihn zu sehen. Ich zeigte ihm die Stempel von jedem Paket, das ich ihm geschickt hatte, und was ich alles bezahlt hatte. Mihail war entsetzt und schaffte es irgendwann nicht mehr, die Beweise anzuschauen.

Der eilte ins Badezimmer, weil es ihm übel wurde. Ich versuchte, ihn zu beruhigen und bat ihn, er solle sich keine Sorgen machen. Dass seine Tante ihm von alledem nichts erzählt hatte, ahnte ich, deshalb musste ich ihm die Wahrheit zeigen, das erklärte ich ihm. Er habe ein Recht auf ein eigenes Leben und manche Leute sind nicht ehrlich, wie seine Tante, sagte ich ihm dazu.

Nachdem er den ersten Schock verdaut hatte, erklärte Mihail, er wolle niemanden erzählen, was er erfahren habe. Endlich hörte er von mir, und ich war endlos traurig darüber, dass er an eine gelogene Geschichte geglaubt hat. Mein Sohn war sehr bedrückt, als wir uns verabschiedet haben. Er wusste nun, was ich alles erlebt habe und dass ich ihm endlich davon erzählen konnte. Ich habe ihm mein Vertrauen geschenkt. Und er mir sein Herz.

Endlich hat er sich mir gegenüber geöffnet und von seinem

Leben gesprochen. Was ihm in der Familie zugestoßen und was noch immer Realität ist. Ich hörte ihm nur zu, wollte alles über meinen Sohn wissen. Ich spürte, wie ihn das Reden erleichterte.

Das erste Mal hat er verraten, dass es ihm nicht gut geht. Freiheit hat es für ihn nie gegeben, immer hatte er etwas im Haus zu arbeiten oder zu lernen. Der Sohn seiner Tante war wegen dieser Atmosphäre nach Barcelona entflohen. Mein Sohn war gezwungen zu bleiben, weil er niemanden hatte, der ihn unterstützt hat. Ich ermahnte ihn nach seinem Geständnis, dass er das Ganze noch aushalten soll, dass er sich nicht mit der Familie streiten und sie respektieren muss, weil er bei ihnen lebt. Als Physiotherapeut könne er eine ordentliche Arbeit finden, ermutigte ich ihn. Damit könne er selbstständig arbeiten. Das, was mein Sohn studierte, war nicht leicht, und aus diesem Grund solle er sein Bestes geben, um es mit einem guten Abschluss zu beenden. Aber er müsse sich weder anschreien noch schlagen lassen, gebot ich ihm. Ich hatte das mit seinem Vater erlebt, ich wollte nicht, dass mein Sohn diese grobe Gewalt erleiden muss. Vielmehr sollte er eine Wohnung finden, die ich zahlen wollte. Sollte er nicht mehr studieren können, würde ich ihn unterstützen, damit er Arbeit findet.

Ich wollte nicht, dass mein Sohn wie sein Vater endet. Seine Schwester hat seinem Vater sein Leben lang unter die Arme gegriffen und er hat nur herum gejammert. Ich wollte, dass mein Sohn arbeitet und von niemand abhängig ist. Ich wollte, dass mein Sohn ein tapferer Mann wird, der es mit erhobenem Haupt allein durchs Leben schafft. Das alles haben wir an einem Treffen besprochen. Und ich habe gefühlt, wie er sich alles zu Herzen genommen hat. Zuvor war es ihm nie möglich gewesen über alle zu sprechen, ohne dass ihn jemand angeschrien hätte. Er konnte mir jetzt offen sagen, was ihm auf schwer am Herzen liegt.

Die Zeit verging wie im Flug und bald musste er nach Hause zurückkehren. Er ließ den Kopf hängen. Ich bat ihn nochmals, er solle seine Tante mit Respekt entgegentreten und ihr ja keine Szenen machen. Er versprach es mir. Sein Freund kam, um ihn nach Sarajevo zu fahren. Wieder mussten wir uns verabschieden. Es war schon halb acht und er musste strickt um neuen Uhr in seiner Wohnung sein, das hat mir wieder Sorgen gemacht.

Einige Zeit später klingelte es an der Tür, zwei junge Frauen aus der Nachbarschaft standen davor, um nach mir zu sehen. Ich hatte so laut geweint, dass sie sich erschrocken haben, weil die nicht wussten, was los ist. Mein Herz weinte, weil ich meinen Sohn gehen lassen musste. Kurz bevor ich die Haustüre schließen konnte, sah ich Mihail im Treppenhaus. Er habe etwas vergessen, sagte er, deshalb sei er zurückgekommen. Als er mein verweintes Gesicht sah, wollte er nicht mehr gehen. Ich versprach ihm, dass ich mich beruhigen würde, er könne mich allein lassen. Wir waren beide verzweifelt.

In der kommenden Nacht tat ich aus lauter Kummer kein Auge zu. Mihail hatte sich gemeldet und erklärt, er sei gut angekommen. Und er habe sich für sein spätes Kommen nicht rechtfertigen müssen. Ich war erleichtert. Nach ein paar Tagen in Teslić kehrte ich zurück nach Deutschland. Auch ich rief ihn sofort nach meiner Ankunft an und wir blieben in Kontakt.

Im Lauf des Jahres haben wir uns wieder heimlich getroffen. Es hat mich unheimlich belastet, dass ich mich mit meinem eigenem Sohn nicht offen zeigen konnte. Auch Mihail hat das berührt, dennoch blieb die Angst, etwas könne uns trennen, wenn die Familie den Kontakt bemerken würde. Bei jedem weiteren Besuch versprach ich ihm, dass ich immer für ihn da sein will, wenn er mich braucht.

Dann kam der Tag, an dem er mir meldete, dass er nicht mehr bei seiner Tante wohnen könne. Er bat mich, ihm zu helfen, eine Wohnung zu finden. Das war im Juni 2008. Ich rief ihn sofort an und fragte, was passiert sei. Der sagte, dass er den Streit im Haus nicht mehr aushalten könne, und dass er nicht mehr an allem schuld sein wolle. Die Familie hatte erfahren, dass wir uns sehen und dass ich ihm alles gesagt hatte. Ich fragte ihn, was mit seinem Studium sei. Er könne sich nicht konzentrieren, so schaffe er es nicht, die Ausbildung bis zu Ende durchzuziehen. Ich versuchte ihn zu beruhigen und erklärte ihm, dass alles in Ordnung sein wird. Er könne fest mit mir als seine Mutter rechnen. Aber er soll sich jetzt sicher sein, was er vom Leben will, forderte ich von ihm. Das müsse er alleine entscheiden, damit er nie daran zweifelt. Ich wollte nicht, dass jemand denken würde, ich habe ihn zu etwas gezwungen.

Er wollte sich nach seiner Entscheidung bei mir melden. Es verging einige Zeit, und er sprach nicht über Zukunftspläne, obwohl wir im Kontakt waren. Ich wollte ihm mit meinen Fragen keinen Druck machen. Aber es war mir wichtig, dass wir ehrlich miteinander umgehen. Im August hatte ich Geburtstag, ich hatte meinen Sohn angerufen und ihm ein Treffen vorgeschlagen.

Er wolle sich mit mir in einer neuen Wohnung verabreden, er war jetzt bereit auszuziehen. Ich hatte ihm zwar gesagt, dass ich seine Miete zahlen würde, jedoch sagte ich ihm am Telefon, dass das nicht so leicht sein würde, weil es bei uns grade finanziell knapp war. Ich hatte vor Gericht ziehen müssen, weil eine Frau meine Steuer falsch berechnet hatte. Das hieß für mich, drei Jahre den Gürtel enger schnallen. Nach dem Telefonat wartete ich ungeduldig auf meinen Mann, um ihm zu sagen, dass ich meinem Sohn helfen möchte. An dem

Tag kam er schlecht gelaunt von der Arbeit, weil er einen anstrengenden Tag hatte.

Also überlegte ich mir, ihm von der Neuigkeit erst am nächsten Tag zu berichten, jedoch merkte er an meinem Gesicht, dass etwas nicht in Ordnung ist. Er schwieg, nachdem ich ihm alles erklärt hatte. Max wollte wissen, wie lange ich ihm die Miete finanzieren will, er sei schließlich erwachsen und könne arbeiten. Es war mir bewusst, dass ich nochmals mit Mihail sprechen sollte. Er musste verstehen, dass ich nicht reich bin, und ihm nur das Notwendigste zahlen kann. Ende August rief Mihail mich an, er habe eine Wohnung gefunden. Sie bestehe aus zwei Zimmern und einem Balkon. Ich fragte mich, warum ein Student eine so komfortable Wohnung braucht, jedoch sagte ich nichts, ich wollte ihn nicht beunruhigen.

Die Wohnung kostete monatlich 150 Euro, mit den Nebenkosten 200. Darüber hinaus brauche er 300 Euro für Essen, erklärte mir mein Sohn. Auch das Fitnessstudio käme mit 60 Euro dazu, am Ende verlangte er 1000 Euro pro Monat von mir. Ich wollte von ihm wissen, warum er von mir so viel Geld braucht, als er bei seiner Tante gewohnt habe, habe er auch nicht so viel ausgegeben, vermutete ich.

Ich plante, nach Sarajevo zu reisen, um mir ein Bild von der Wohnung und der ganze Situation zu machen. Ich wollte meinen Sohn nicht verlieren. Allerdings sollte mich nie wieder jemand ausnutzen, nicht einmal mein Sohn.

Er war kein kleines Kind mehr und konnte realistisch denken. Ich überlegte mir, wenn man ihn bisher nicht dazu erzogen hatten, musste er jetzt lernen, was es bedeutet, nicht alles haben zu können. Ich wusste, es würden schwierige Zeiten werden und dass ich ihm ein paar Sachen beibringen muss. Ich hatte Angst, ihn deshalb zu verlieren. Das waren meine Gedanken, bevor ich zu seiner Wohnung kam.

Mihail wollte mich zuvor abholen und ich wartete in einem

Restaurant auf ihn. Als er auftauchte, war er schlecht gelaunt. Ich blieb die kommende Nacht bei ihm und er verhielt sich so frech, dass ich nicht wusste, wie ich mit ihm sprechen sollte. Zunächst gingen wir zu den Wohnbesitzern, die uns freundlich empfingen. Ich erklärte ihnen, sie könnten beruhigt sein, er sei zwar Student, ich würde aber die Miete übernehmen. Beim Abschied drückte ich den Vermietern 50 Euro für ihre beiden kleinen Kinder in die Hand. Sie bedankten sich froh darüber.

Als Mihail und ich später allein waren, hat er mich auf einmal angeschrien, weil ich der Familie Geld gegeben hatte. Er zeigte sein wahres Gesicht. Das war nicht mein Sohn, mit dem ich mich all die Jahre heimlich getroffen hatte. Er führte sich auf, wie eine andere Person.

Ich schwieg, mein Sohn sollte nicht merken, wie sehr er mich verletzt. Weil ich keinen Streit wollte, versuchte ich, ihn zu beruhigen. Das war im September 2008. Ich hatte Hunger und Mihail wollte uns etwas zu Essen besorgen. Er sagte, er würde zum Getränke kaufen gehen, eine Mahlzeit bestellten wir. Seine Wohnung lag in der dritten Etage, und ich schlug ihm vor, nach dem Essen nach Dingen zu schauen, die er für seiner Wohnung brauchen könne.

Nachdem er die Getränke gebracht hatte, warteten wir auf die Essenslieferung. Er kannte den alten Mann und ich schlug vor, er solle das Essen unten abholen, damit der Mann sich mit den Treppen nicht abmühen braucht. Ich gab ihm Geld, dazu Trinkgeld für den Alten. Mihail weigerte sich, hinabzusteigen, er wollte ich lieber von dem alten Mann bedienen lassen. Mein Sohn war arrogant geworden, er wollte auf meine Kosten gut leben. Aber er verstand damals nicht, dass ich das sehrwohl bemerkt hatte.

Der alte Mann hatte das Essen hoch getragen und Mihail hat ihm nicht einmal Trinkgeld gegeben. Beim Essen blieb ich unruhig, ich spürte in Mihail das Verhalten seines Vaters. Ich hatte Angst, er würde nie Arbeit finden ...

Nach dem Essen packten wir Mihails Sachen aus, während dessen rief mein Bruder aus Kroatien an und er wollte mit meinen Sohn sprechen. Ich freute mich darüber, jedoch verweigerte sich Mihail. Er erklärte frech, wir seien nicht zum Telefonieren, sondern zum Arbeiten da. Auf einer Liste schrieb er auf, was er alles braucht. Ich las, dass es teure Sachen waren, die er als Student nicht nötig hatte. Er fragte nicht, wie ich das bezahlen werde. Ich wusste, dass er manche Dinge nicht für sich braucht, sondern für die anderen.

Schließlich wurde er unverschämt und verlangte 2000 Euro von mir, er meinte, ich kann das leisten. Ich erklärte ihm, ich würde es ihm aus Deutschland schicken, und dass er sich dort einen Fernseher kaufen könne und andere kleinere Sachen. Ich hatte Angst, ihm so einen großen Betrag zu geben, weil er nicht mit Geld umgehen konnte.

Er war sauer auf mich, weil ich andere Vorstellungen hatte als er. Ich schlug ihm vor, er könne in der Zwischenzeit Fahrunterricht nehmen, ich wollte es ihm bezahlen und er würde es brauchen, wenn er Arbeit sucht. Ich wollte ihm zwar helfen, aber in kleinen Schritten.

Ich reiste ernüchtert nach Deutschland zurück. Er war doch seither ein so guter Mensch gewesen und nun konnte ich nicht mehr anständig mit ihm reden, warum nur?

Mihail sollte mir die Unterlagen für sein Studium schicken, was er dann auch tat. Dazu eröffnete er ein eigenes Bankkonto. Dann sandte ich ihm Gegenstände für seine Wohnung und bezahlte ein Taxi, das die Sachen zu ihm gebracht hat. Es waren vier Reisetaschen voll. Es war ziemlich teuer. Aber das beachtete mein Sohn gar nicht, er meinte nur, dass er alles nach Mitternacht annehmen könne.

Ich wartete, dass er sich meldet und sich bedanken würde.

Aber es kam nichts, auch hat er auf meinen Brief nicht geantwortet. Daraufhin versuchte ich, ihn telefonisch zu erreichen, vergeblich. War etwas passiert? Nach zehn Tagen gab es immer noch kein Lebenszeichen von ihm. Ich wartete.
Nach einer Weile rief er an und tat, als ob alles in Ordnung wäre. Nein, es kam kein Dankeschön und ich musste mir eingestehen, dass er sich verhielt, wie seine Familie. Er hat nicht gesehen, was ich alles für ihn tue, damit es ihm gut gehen soll. Wie sollte das weiter gehen? Ich wollte offen zu ihm sein, aber ich wollte ihn nicht verlieren. Es war eine verflixte Situation.

Er verlangte immer nur Geld und teure Sachen und dazu noch Taschengeld. Ich musste mit ihm reden, deshalb kündigte ich an, dass ich ihn an seinem Geburtstag, am 21. November, besuchen würde. Wieder brauchte ich Unterlagen wegen der Zahlungen für meine Steuerberaterin. Ich hatte genug Probleme wegen der Steuer gehabt, das wollte ich nicht mehr. Sie musste dokumentieren, wohin mein Geld ging. Mihail meinte, ich brauche mir keine Sorgen zu machen, ich bekäme die Belege.

Ich reiste nach Bosnien und dachte, er würde sich über unser Wiedersehen freuen. Als wir uns trafen war er aber wieder schlecht gelaunt und unfreundlich zu mir. Ob er wohl eine Therapie braucht, damit er ruhiger würde, überlegte ich mir. Ich fragte ihn, ob er Kontakt mit seiner Tante hat. Er erklärte mir, dass er sie öfter getroffen hätte, aber er sie wegen seines Onkels nicht besuchen würde. In dem Moment war mir klar, warum mein Sohn so frech ist. Sie hatte wieder ihr böses Spiel mit ihm getrieben und er musste wieder alles tun, was sie befielt. Leider hatte er die Belege nicht mitgebracht, versprach mir aber, dass er es bald machen wird. Es hat mich ziemlich aufgeregt, dass sie Mihail nicht in Ruhe gelassen hatten. Mihail erklärte mir, dass es schwierig sei, fortzukommen. Er müsse eine halbe Stunde mit den Bus fahren. Er brauche ein Auto, das 10.000 Euro kostet. Ich war baff über diese Forderung. Ich erklärte ihm, dass das zu teuer sei und er ja nicht arbeitet. Seine Familie denkt, dass ich ihm das Auto kaufe, erklärte ich ihm meine Vermutung. Wo er das Auto parken wird, wollte ich von ihm wissen. Bei seiner Tante, erklärte er. Es war wieder die Familie, die mich ausnutzen wollte, dieses Auto sollte ich ihnen kaufen.

Ich wolle darüber nachdenken, erklärte ich Mihail. Und auch, dass mein Mann und ich zu dem Zeitpunkt nicht so viel Geld hatten. Ich merkte, dass er mit meiner Antwort nicht zufrieden ist. Beim Abschied war ich traurig darüber, wie rücksichtslos und egoistisch mein Sohn geworden war. Er hatte kein Verständnis für mich und wollte mich nicht verstehen. Er war nur geldgierig.

Ich fragte meinen bosnischen Freund um Rat, er musste ebenso alleine für seine Kinder sorgen. Ich solle hart bleiben, hat er mir geraten. Das kann ich nicht, weil eine Mutter verzeihen muss, dachte ich mir.

Im Jahr 2009 habe ich ihm weiter Geld geschickt. Es war Winter und ich wartete auf einen Bus in Stuttgart. Bei uns war es finanziell zu der Zeit so knapp, dass ich Mihail anrief. Im Moment könnte ich nichts überweisen, aber am kommenden Dienstag würde wieder eine Zahlung kommen. Er reagierte beleidigt. Daraufhin steckte ich mein letztes Geld in einen Briefumschlag und schickte es ihm.

Ich weinte lange. Meinem Mann wollte ich von Mihails unverschämtem Verhalten nichts erzählen, weil ich dachte, Max würde ihn deshalb hassen. Mein Sohn soll lernen, im Leben alleine und mit wenig Geld klar zu kommen. Er hatte in seiner eigenen Welt gelebt und während dessen habe ich mich durchschlagen müssen, und mir hatte niemand geholfen. Aber jetzt verlangte er, dass ich ihn unterstütze. Und er benahm sich, als ob ich ihm nie was gegeben hätte.

Ich wollte die schwierige Situation vergessen und rief ihn ein paar Tage lang nicht an. Mir ging es dreckig und ich musste die schlechten Gefühle alleine aushalten. Alle wussten, wie schlimm sich sein Vater verhalten hatte. Und immer, wenn sie mich nach meinen Sohn gefragt hatten, habe ich versichert, dass er nicht ist, wie sein Vater. Mihail hatte mir sehr oft geschrieben. Trotzdem blieb ich unsicher, was ihm unsere Beziehung bedeutet. Was hatte er von mir erwartet?

17. Kapitel

Im Januar war ein bitterkalter Winter, weswegen mein Mann und ich nicht arbeiten konnten. Rechnungen kamen trotzdem, was uns sehr belastet hat. Mihail erwartete tägliche Geldsendungen. Ich schrieb ihm, dass ich ihm nur den Geldbetrag senden kann, der zum Essen reicht, weil ich einen schwierigen Monat hatte. Er hat wieder unverständig reagiert, ich konnte nicht glauben, dass mein eigener Sohn sich so verhält. Er schmollte und meldete sich nicht mehr. Auch meine Anrufe hat er nicht erwidert. Ich bekam Angst, ihm sei etwas passiert. Irgendwann erfuhr ich über einen Brief von ihm, er habe etwas gemacht, worüber er nicht reden könne. Und er habe Bauchschmerzen. Ich wollte wissen, was los ist.

Mihail erzählte mir von einer 300 Euro teuren Telefonrechnung, die er bezahlen muss. Daraufhin habe ich ihm das Geld geschickt. Er hatte mir versichert, dass er alleine für die Kosten verantwortlich sei. Mir ginge es ebenfalls finanziell nicht gut, erklärte ich ihm und dass ich ihm im Moment nichts mehr schicken könne. Er sollte jetzt aus seinen Fehlern lernen. Leider habe ich es nicht lange ausgehalten und ihn wieder unterstützt. Dieses Mal bedankte er sich bei mir.

Weil das Wetter im Februar immer noch winterlich war, konnte ich nicht reisen. Dann erhielt ich wieder einen Brief, der mich schockiert hat. Mihail schrieb mir, er müsse ohne seine Tante an Hunger sterben. Ich konnte das nicht glauben. Ich fragte mich, ob das mein Sohn ist, das Kind, dem ich alles gegeben habe. Wegen dem ich keine Kinder mehr haben wollte, für den ich mein Leben geben würde. Seine Tante hatte ihm nur ein paar Mal das Essen gekocht, was ihm natürlich geholfen hat. Aber ich hatte den Eindruck, meine monatlichen 1000 Euro waren ihm nicht wichtig. Ich konnte ihn nicht verstehen. Seine Tante steckte dahinter, war ich mir sicher. Kurzentschlossen brach ich noch im Februar nach Sarajevo auf, um ihn zu besuchen. Mihail verlangte von mir nochmal, ich solle ihm ein Auto kaufen. Außerdem solle ich ihm 12.000 Euro dafür geben, dass ihm seine Tante einen Arbeitsplatz kauft. Sie kenne eine Frau, die das für sie erledigen könne. Wie kam es dazu? Denn eigentlich wollte er ja nicht mehr mit dieser Familie leben? Ich wollte die Vermittlerin kennenlernen und sehen, wer ihm eine Garantie gibt, dass sie ihm Arbeit besorgt. Ich musste sehen, wem ich mein Geld gebe. Das ginge nicht, die Tante würde das erledigen, meinte er. Als ich ihm erklärte, dass ich es überweisen würde, wollte Mihail, dass ich ihm das Geld in bar gebe, damit er es seiner Tante überreichen könne. Er wollte geheim halten, dass das Geld von mir kommt.

Als nächstes brauchte er Klamotten und eine Lederjacke. Ich gab ihm dafür 150 Euro geschenkt. Als wir das nächste Mal miteinander redeten, merkte ich, dass wir ganz unterschiedlicher Meinung sind. Er verhielt sich manchmal unmöglich. Das war der Grund, warum ich mich von meinem Sohn ein wenig distanziert habe. Daraufhin ging er netter mit mir um, allerdings hatte ich inzwischen mein Vertrauen ihm gegenüber verloren. Ich behielt private Angelegenheit für mich, mir war klar, seine Tante spielte wieder mit ihm. Er war naiv, deshalb begriff er das nicht. Außerdem wusste er nicht, was es bedeutete zu arbeiten und wie man sein Geld verdient. Und er konnte nicht mit Geld umgehen und sich damit alleine durchs Leben bringen. Wiedermal kehrte ich, wie so oft, nach Deutschland zurück, mit einem traurigen Gefühl. Ich wollte ihn weiterhin unterstützen. Immerhin hatte er das Studium beendet, aber er arbeitete nicht und die Jahre vergingen. Er ist zu einem streitbaren Menschen geworden. Ja, ich als Mutter habe seine üblen Charakterzüge wahrgenommen. Ich redete auf ihn ein, er könne nicht so weitermachen, weil er, wenn er weiter so frech ist, wichtige Leute in seinem Leben verliert, Freunde, seine Freundin, ja sogar Arbeitskollegen. Ich wollte ihn auf seine Fehler aufmerksam machen. Er reagierte nicht darauf und verhielt sich weiterhin unverschämt und machte, was er wollte.

Einen Monat später meldete Mihail mir, er wolle nach Barcelona ziehen und dort mit dem Sohn seiner Tante arbeitet. Er könne bis zu 3000 Euro verdienen, versprach er. Er meinte, in Sarajevo könne er keine Arbeit finden. Also wolle er auf einem Schiff anheuern. Keiner könne einfach so viel Geld verdienen, versuchte ich ihn in die Realität zu holen. Ich vermute, die Familie wollte mich von meinem Sohn trennen. Und ich erklärte ihm, die Arbeit auf einem Schiff sei gefährlich, er solle nochmal darüber nachdenken. Er könne Deutsch lernen und zu mir nach Deutschland kommen. Hier könnte er in einem Krankenhaus arbeiten. Ich wollte ihm sogar einen Deutschkurs zahlen. Er bemerkte aber, wenn er dort weniger verdient, wolle er davon nichts wissen.

Ich riet ihm nichts mehr und schickte ihm weiterhin Geld, distanzierte mich aber immer mehr von ihm. Ich merkte, dass mich mein eigener Sohn ausnutzt. Der Abstand zwischen uns wurde größer. Leider sah es so als, als würde ich ihn nach zehn Jahren verlieren. Jede seiner Nachrichten beleidigten mich. Ich wusste nicht, ob er das absichtlich gemacht hat oder ob ihn jemand dazu gezwungen hatte. Ich wusste nicht mehr, was ich tun soll. Mein Sohn hatte mich im Stich gelassen.

Während einer langen Zeit meldete er sich kaum noch bei mir, und wenn, dann nur mit kurzen Nachrichten. Ich erfuhr kaum etwas von ihm, schickte ihn aber weiterhin Geld. Er müsse nach Zagreb, wegen irgendwelcher Papiere schrieb er mir einmal und ich solle ihm Geld dafür schicken.

Er hatte sich dazu entschlossen, die Arbeit auf dem Schiff anzufangen. Ich habe ihm das Geld geschickt und erklärte dazu, dass ihn mein Bruder in Zagreb erwarten wird, der könne ihm helfen. Mihail meldete sich erst bei meinem Bruder, als er schon alles erledigt hatte. Mein Bruder hatte sich gefreut, ihn endlich kennengelernt zu haben. Nachdem sie sich getroffen hatten, so meldete mir mein Bruder, sei mein Sohn nach Sarajevo gereist.

Am folgenden Morgen bekam ich wieder Post von Mihail, dass er Geld zum Essen brauche. Von der Begegnung mit seinem Onkel oder von den Papieren erzählte er nichts. Ihm war wieder nur das Geld wichtig. Ich plante daraufhin, nach Bosnien zu reisen und mit ihm zu sprechen. Die Situation war furchtbar und ich konnte es nicht mehr aushalten. Ich erklärte Mihail, ich wolle nach Teslić kommen und mit ihm reden. Ich habe mich an einem Mittag in meiner Wohnung mit ihm verabredet. Ein Essen für eine gemeinsame Mahlzeit hatte ich gekocht. Es wurde kalt und Mihail ist nicht gekommen. Ich habe den ganzen Tag auf ihn gewartet und habe mich furchtbar über sein Verhalten aufgeregt.

Zu der Zeit tobte ein Unwetter in der Gegend. Nach Mitternacht bekam ich einen Anruf von ihm, er sei in Karuše und wisse nicht, wie er zu mir kommen soll. Es regnete, er solle sich ein Taxi nehmen, sagte ich zu ihm, ich würde es bezahlen. Nachdem Mihail angekommen war, wartete der Fahrer darauf, dass ich ihn bezahle. Ich bemerkte, dass ich kein Kleingeld in der Tasche hatte. Ich wollte ihm zur Sicherheit die Telefonnummer meines Mannes geben und schlug vor, ihn am nächsten Morgen zu bezahlen. Mein Sohn war dagegen und schrie mich an, ich soll ihn sofort bezahlen. Das sei mein Problem, wehrte ich mich. Und das Mihail doch genug Geld für die Fahrt habe. Er erklärte mir nicht, wo sein Geld ist.

Mihail aß ein paar Happen. Dann meckerte er an meiner Wohnungseinrichtung herum. Das war mir zu viel, ich sagte ihm „Gute Nacht" und ging schlafen. Ich tat die ganze Nacht kein Auge zu. Am Morgen stand ich als erste auf, Mihail schlief noch. Ich fragte mich, warum er so geworden ist, ich wollte nur, dass er ein guter Mann wird. Ich betete zum lieben Gott, dass er ihm die Augen öffnen soll, damit er sieht, dass seine Familie uns trennen will. Um zehn Uhr ist er aufgestanden. Er erklärte mir, seine Tante habe ihm eine Lederjacke für 300 Euro gekauft. Ich fragte, was aus dem Geld geworden sei, dass ich ihm dafür gegeben habe. Er erwiderte, er habe nie etwas erhalten. Wir fingen zu streiten an und ich sagte ihm, dass ich weiß, dass er nicht mehr in seiner alten Wohnung lebt. Es sei billiger mit drei Freunden zusammenzuleben, rechtfertigte er sich. Ich fragte ihn, warum er mir davon nichts erzählt habe. Das habe er wollen, aber nun habe ich es ja auch so rausgekriegt.

Mihail behauptete, er könne durchaus alleine leben. Ich fragte ihn, ob ich ihm helfen soll, eine Arbeit zu suchen, das wollte er nicht. Er wolle Spanisch lernen und dann nach Barcelona ziehen und dort arbeiten. Dann würde ich ihm nichts mehr zahlen, erklärte ich ihm. Dann müsse seine Familie ihm alles finanzieren. Er schaute mich nur stumm an. Sie hatten wieder geplant, dass ich ihm weiter Geld schicken soll, sodass seine Tante davon gut leben kann. Plötzlich hatte er es eilig wegzukommen. Während ich ihn zur Bushaltestelle begleitete, hätten wir Zeit zum Reden. Aber er hatte das nicht gewollt, und auch nicht, dass ihn jemand mit mir sieht. Ich wusste, dass er mich jetzt hasst.

Er lehnte mich ab, weil ich ihm kein Geld mehr geben wollte. Er meinte, er könne in Barcelona besser leben und dass alles einfach sein würde. Seiner Familie war es nur wichtig, dass wir uns trennen und er nicht zu mir nach Deutschland kommt. Die haben alles getan, um ihr Ziel zu erreichen. Ich habe immer dagegen gekämpft, nun hatte ich keine Kraft mehr. Ich habe nur den lieben Gott gebeten, dass er uns das Beste gibt. Ab da habe ich meinem Sohn kein Rat mehr gegeben, ich habe ihn in Ruhe gelassen.

Mihail dachte, dort warte ein besseres Leben auf ihn und er könne sich sofort alles kaufen, was er will. Ich habe ihn am Ende gewarnt, in einem fremden Land Fuß zu fassen ist schwierig. Darüber hinaus sagte ich ihm, dass Geld nicht alles im Leben und dass es wichtiger ist, jemanden an seiner Seite zu haben. Ich wusste nicht, ob er mich verstanden hat, ich hatte den Wunsch, ihm das zu sagen. Wir verabschiedeten uns und ich kehrte zurück in meine Wohnung. Ich wollte nur allein sein und Ruhe und Frieden spüren. Meine Gedanken drehten sich um Mihail, ich hatte Angst um meinen Sohn. Ich spürte, dass er kein eigenes Leben haben darf. Seine Familie würde ihn das ganze Leben zwingen, gehorsam zu sein. Dem Sohn seiner Tante wird er nur Haushaltshelfer sein. Aber ich musste akzeptieren, dass er es so will. Vielleicht wird er mir Vorwürfe machen, dass ich an allem Schuld bin, auch deshalb wollte ich es ihm ausreden. Ich dachte mir, er soll gehen und seine eigenen Fehler machen, er wird sehen, wie es ist wenn man nicht frei ist. Ich konnte mir ihren Plan denken.

Am nächsten Tag bin ich mit den gleichen Gedanken aufgestanden. Ich fragte mich, wie ich das alles meinem Mann erklären soll; obwohl Mihail nicht sein Vater ist, hat er ihm geholfen. Ich wusste, dass er wegen mich traurig sein wird, weil er gesehen hat, wie sehr ich meinen Sohn liebe. Nachdem ich ihm alles erklärt hatte, sagte er nichts dazu. Aber ich ahnte, was Max dachte. Nämlich, dass er der gleichen Meinung ist wie ich.

Mein Sohn und ich blieben im Kontakt, jedoch immer seltener. Ich wusste, dass er sauer auf mich ist. Er hatte mir seine neue Adresse gegeben, aber hat mich nie eingeladen, ihn zu besuchen. Weiterhin schickte ich ihm Geld. Im August wollte ich zu ihm fahren. Ich hatte ihm aus diesem Grund weniger Geld geschickt, weil ich ihm den Rest geben wollte, wenn wir uns sehen.

Mihail arbeitete und schickte deshalb seinen Freund, der das Geld für ihn abholen sollte. Ich reiste nach Doboj und habe meine Schwester besucht. Sie fragte mich, wohin ich gehen will. Nachdem ich ihr erzählt hatte, dass ich nach Sarajevo reise, um meinen Sohn zu sehen, sagte sie, er sei schon vor zwei Wochen nach Barcelona gefahren. Ich konnte es nicht glauben. Ich solle seinen Onkel fragen, der würde das bestätigen.

Daraufhin haben wir bei dem Mann angeklopft und ich habe mich vorgestellt. Er war froh, dass er mich kennengelernte und bestätigte die Aussage meiner Schwester. Dazu erklärte er, dass seine Tante behauptet hätte, ich sei schuld, das Mihail nach Barcelona gereist ist, weil ich ihm kein Geld geschickt habe. Schon wieder war ich wie vor den Kopf geschlagen. Ich wusste gar nicht mehr, wie viel Geld ich bis dahin meinem Sohn gegeben habe, es war sicher nicht wenig. Ich bedankte mich bei dem Onkel und fuhr zurück zu meiner Schwester.

Auf den Schreck brauchte ich zwei Beruhigungstabletten. Mir tat weh, dass alle wussten, wo mein Sohn ist, nur nicht ich. Ich konnte mich nicht beruhigen, sie hatten mir wieder meinen Sohn geklaut! Zuerst das Drama mit seinem Vater, dann mit seiner Tante und jetzt noch mit ihrem Sohn. Ich habe zum lieben Gott gebetet, sie sollten das Gleiche ertragen müssen, wie ich. Ich wollte, dass sie wie ich leiden. In einem Brief erklärte ich Mihail, dass mein Mann und ich wenigstens verdient haben, dass er sich von uns verabschiedet. Ich war sauer und traurig. Mein eigener Sohn hat mich verraten. Ich konnte nicht glauben, dass er mir so etwas angetan hat. Er hatte behauptet, dass er sich nicht melden kann, weil er keine Zeit hat. Geglaubt habe ich ihm das allerdings nicht.

Ich wollte alles vergessen. Dennoch wartete ich darauf, dass er sich meldet, was nicht geschah. Ende 2010 wartete ich weiterhin auf seinen Anruf, damit ich seine Adresse erfahren würde, oder, dass alles in Ordnung ist. Vergeblich. Auch antwortete er nicht auf meinen Brief. Das Jahr war ein schwieriges. Wir mussten uns eine neue Wohnung suchen, weil mein Mann zu wenig Aufträge hatten. Ich dachte nur an meinen Sohn. Zu Neujahr habe ich ihm gratuliert und ihm meine neue Adresse gegeben. Wieder habe ich versucht, ihn anzurufen.

Er meldete sich mit leiser Stimme. In seiner Wohnung würden acht Personen leben, deshalb müsse er leise sprechen. Mihail erklärte mir außerdem, dass er Spanisch lernt, wenn er das beherrsche, würde Arbeit finden. Und er habe mir nicht schreiben können, weil er kein Geld habe. Ich spürte, dass es ihm nicht leicht fiel, und ich merkte, dass er froh ist, dass ich ihn angerufen habe. Ich erfuhr seine Adresse. Dort hatte er schon das erste Mal in Barcelona gewohnt.

Wieder schrieb er, dass er Geld braucht. Und wieder habe ich ihm Geld geschickt. Daraufhin war wieder nichts von ihm zu hören, auch gab es keinen Dank oder die Bestätigung, dass er das Geld erhalten hat. Immer wenn ich ihn angerufen habe, war er nicht erreichbar. Zu der Zeit hatte ich viele Probleme, sowohl zu Hause als auch auf der Arbeit, sodass ich nicht nur an meinen Sohn denken konnte. Ich musste mich um uns kümmern. Das kann man leicht sagen, als Mutter geht das nicht so einfach. Als ich ihn das nächste Mal angerufen hatte, erfuhr ich, dass er im Krankenhaus ist.

Im August 2011 wollten wir uns treffen. Ich glaube, mein Sohn hatte langsam begriffen, was ich alles für ihn getan habe. Erst waren wir in Kontakt geblieben, dann meldete er sich einige Monate nicht. Im Mai 2011 habe ich eine Nachricht von ihm bekommen, bei der ich mir sicher war, dass er sie nicht geschrieben hat. Ich musste seine Tante gewesen sein, es war unglaublich. Der Brief hat mich so verletzt, dass ich nicht wusste, mit wem ich darüber sprechen sollte.

Ich rief meine Schwester an und fragte sie, ob sie etwas von meinem Sohn wüsste. Sie erzählte mir, seine Tante sei nach Barcelona gefahren, weil ihr Sohn eine Tochter bekommen habe. Nun war mir klar, warum Mihail sich bei mir wieder längere Zeit nicht gemeldet hatte, seine Tante hatte ihn getroffen. Ich habe ihm dann geschrieben, dass ich weiß, dass sie bei ihm zu Besuch war, und dass er sich aus diesem Grund nicht meldet.

Während unserer Telefongespräche haben wir uns die ganze Zeit gestritten, ich vermute, weil seine Tante immer noch in seiner Nähe war. Ich war besorgt um ihn, jedoch wollte ich meinen Sohn nichts davon sagen, damit ich ihn nicht nerve. Die Streiterei machte mich traurig, denn solange sie da war, konnte ich nicht normal mit ihm sprechen. Immer wenn ich ihn angerufen hatte, hat mein Sohn nur von seiner Familie gesprochen. Mir wurde es übel, wenn ich nur den Namen von seinem Cousin hörte. Ich wusste, was er erzählte, ist gelogen. Und dass er kein Geld hat.

Ende August oder Anfang September 2011 reiste mein Sohn nach Sarajevo. Ich kam auch dorthin, um ihn zu besuchen. Wir trafen uns an einer Bushaltestelle und gingen gemeinsam in ein Restaurant. Mein Sohn hatte wieder Angst, uns könnte jemand erkennen. Trotzdem haben wir über vieles geredet und gelacht. Ich merkte, dass mein Sohn mich vermisst hat. Ich erklärte ihm, wie er sich verhalten soll, was er akzeptierte. Wir verbrachte den ganzen Tag zusammen. Anschließen ging ich nach Teslić und mein Sohn zu seiner Tante. Die Stimmung war nun wunderbar und ich reiste zurück nach Deutschland und mein Sohn nach Barcelona.

Sobald Mihail dort angekommen war, meldete er sich sofort und bedankte sich bei mir. Er war froh, dass er mir einiges im Vertrauen erzählt hat. Mihail begriff, dass ich ihm wirklich helfen will, was mich sehr freute. Und er hat verstanden, dass er mit mir über alles reden kann.

Es kam wieder eine Zeit in der er sich, nach anfänglichem Kontakt, nicht bei mir meldete. Ich wusste nicht, ob etwas passiert war, sodass ich Angst hatte. Dann hat er mir dann geschrieben, dass ich ihn anrufen soll. Alle seien nach Bosnien gereist, sodass er jetzt sprechen könne. Während unseres Telefonats bat er mich wieder um Geld. Er versprach mir, er wolle seine Familie verlassen. Ich wusste, das ist nicht wahr. Trotzdem habe ich ihm Geld geschickt. Und nachdem er das Geld bekommen hatte, meldete er sich wieder nicht mehr.

Zu der Zeit bekam ich öfter Schmerzen an der linken Brustseite. Ich vermute, das kam vom Stress. Immer wenn ich mich geärgert hatte, kamen die Probleme. Ich wollte deshalb zu keinem Arzt gehen, es würde schon von alleine vorbeigehen. Von allen Seiten gab es Druck – ständig wollte man, dass ich Geld schicke. Keiner fragte mich, wie es mir geht, keinen interessierte das.

18. Kapitel

In Bosnien plante ich, ein kleines Unternehmen zu gründen. Mitte 2012 wollte ich Produkte mit „Gesundem Essen" herstellen. Ich freute mich darauf und hatte schon einiges dafür vorbereitet. Ich hatte die benötigten Unterlagen nach Banja Luka gebracht, damit klar war, wie das Ganze aussehen sollte. Ich bekam die Bestätigung für meine Idee von allen, sogar von der Gemeinde Teslić. Damit wollte ich den Leuten dort helfen, die vieles im Krieg verloren hatten. Die Menschen sollten ihr Heimatland nicht verlassen müssen. In Bosnien sollte man arbeiten und verdienen können. Wenn jemand in Deutschland erkrankt, kümmert man sich darum. Viele sind ins Heimatland zurückgekehrt, um dort in Ruhe leben zu können und Rente zu beziehen. Keiner sollte Angst haben, dass man ihn aus seinem Grab holen wird.

Eine Beerdigung kostet in Deutschland 10.000 Euro gekostet. Dazu braucht man 20.000 Euro zur dauerhaften Pflege. Ich hatte immer Angst vor diesem Thema. Mein Land ist aus diesem Grund ein gutes Land, weil dort, egal ob du reich oder arm bist, jeder einen Platz in einem Grab findet. Aus diesem Grund wollte ich die Sicherheit in meinem Land unterstützen, weil ich zu der Zeit schon nicht mehr die Jüngste war. Arbeitslose Frauen sollten zudem Hoffnung auf Arbeit haben, auch dabei wollte ich helfen.

Ich war froh, in Deutschland Geld verdienen zu können, dazu war ich dankbar über den Kontakt mit meinem Sohn. Jetzt wollte ich ein Geschäft in Bosnien aufbauen. Alles erschien mir in Ordnung zu sein. Auch mein Ehemann machte einen frohen Eindruck. Mein Leben hatte endlich seinen Sinn bekommen.

Im Januar 2012 reiste ich nochmals nach Bosnien, um die restlichen Unterlagen zu besorgen. Dann kam der 16 Februar. Was an diesem Tag passiert ist, werde ich nie vergessen. Mein Mann hatte mich angerufen und klagte: Er könne nichts mehr sehen und brauche dringend eine Operation! Es war kalt und schneite. Ich Angst um ihn, wollte aber niemandem sagen, was mit meinem Mann passiert ist. Sofort kehrte ich nach Deutschland zurück.

Ich fand meinen Mann in einem entsetzlichen Zustand vor. So schnell es ging, brachte ich ihn ins Krankenhaus. Ich betete zum lieben Gott, dass alles in Ordnung kommen soll.

Max konnte nicht mehr arbeiten, sodass ich alles erledigen musste. Ich hatte niemanden, dem ich erzählen konnte, wie es mir geht. Max Familie interessierte sich nicht für seine Gesundheit. In diesem kalten Land war alles kalt, auch die Leute. Ein zusätzliches Übel war, dass Mihail sich lange nicht meldete, weil ich ihm kein Geld geschickt habe. Ich erklärte ihm, was mit meinem Mann passiert ist, merkte aber, dass mein Sohn mir nicht glaubt.

Es musste irgendwie weiter gehen. Ich musste stark sein. Mein Mann ließ etliche Untersuchungen über sich ergehen und hoffte auf einen schnellen Zeitpunkt für die nötige Operation. Als der Termin feststand, brachte ich Max ins Krankenhaus. Ich wartete im Wartezimmer und hoffte, dass alles gut ausgehen wird.

Während dessen meldete sich der Vermieter meiner Wohnung aus Bosnien. Er erklärte mir, dass ich dort nicht mehr wohnen könne. Ich versuchte, ihm zu erklären, dass mein Mann krank ist und ich diese Wohnung brauche. Er hatte kein Verständnis dafür. Leider haben wir in der Zeit Kunden verloren, jedoch das Wichtigste war, dass mein Mann wieder gesund wurde. Meiner Familie habe ich nichts erzählt, ich wollte nicht, dass sie sich Sorgen machen. Durch meine Probleme habe ich gemerkt, wer ein echter Freund ist.

Die Operation war erfolgreich und mein Mann musste anschließend drei Wochen liegen. Er konnte weder arbeiten noch Auto fahren. Sämtliche Kunden kehrten uns den Rücken und wir hatten Angst um unser kleines Unternehmen. Nach einem halben Jahr blieb unser Betrieb in Deutschland immer noch still. Ich gab langsam die Hoffnung auf, dass aus meinem Geschäft in Bosnien etwas werden würde. Wichtiger war jetzt, dass wir in Deutschland unsere Arbeit behalten.

Mit der Zeit wurde es mir täglich unwohler. Ich schwitzte oft, hatte Schmerzen in den Beinen und immer öfter wurde es mir dunkel vor Augen. Die vielen Sorgen haben meine Gesundheit belastet. Ich wusste nicht mehr, wie ich alles schaffen soll – Rechnungen zahlen und mit meinem Sohn in Kontakt bleiben. Es blieb mir nur, beim lieben Gott um Hilfe zu beten.

Ich glaube, der liebe Gott hat mich gesehen. Denn in der Kerze erschien mir ein Kreuz. Ich wusste, das ist ein Zeichen vom lieben Gott. Und nach und nach entwickelten sich die Angelegenheiten in meinem Leben wieder positiv. Jeder Tag fühlte sich besser an und die Situationen wurden leichter. In diesem Jahr hatte ich Vieles gelernt. Ich lernte, wie hilfreich es ist, wenn du Freunde hast, und was es bedeutet, wenn du sie nicht hast. Der liebe Gott wollte es so – meine Gedanken über die Arbeit in Bosnien und dass ich sehe, wer meine Freunde sind. In dieser schwierigen Zeiten unterstützte mich nur ein Freund im Bosnien und eine Freundin in Deutschland.

Mitte 2012 ging es Max und mir deutlich besser. Mihail hatte sich ebenfalls bei mir gemeldet, jedoch brauchte ich meine Ruhe. Wegen mir selbst, weil ich Angst hatte, krank zu werden. Ich plante, einen Arzt aufzusuchen.

Ich habe viele Nachrichten bekommen, positive und negative. Einige haben mich erfreut, andere genervt. Ich antwortete nicht allen, weil ich kein Streit mehr haben wollte. Ich schwieg oft und weinte. Anfang August hat mir mein Sohn geschrieben, dass ich ihn anrufen soll. Das tat ich. Ich solle ihm Arbeit in Deutschland suchen, erwartete er von mir. Ich habe ihm Geld geschickt, sodass er sich einen kroatischen Pass machen lassen konnte und ging auf die Suche nach einer Arbeitsstelle für ihn.

Eine verantwortliche Frau hatte mir Unterlagen gegeben, die ich ihm nach Barcelona geschickt habe. Wenn er nach Deutschland kommen würde, solle er sich bei ihr melden, erklärte ich ihm. Leider konnte ich ihn telefonisch wieder nicht erreichen. Das ärgerte mich derart, dass ich mich anschließend eine Zeit lang nicht mehr bei ihm meldete.

Beim nächsten Telefongespräch erzählte er mir mit leiser Stimme, er könne nicht kommen, weil ein Verwandter ihm die Dokumente weggenommen habe. Ich war sauer, weil ich den ganzen Aufwand für ihn unternommen hatte und seine Familie den freien Weg meines Sohnes verhinderte. Wieder hatte er mich verraten, obwohl er doch schon eine erwachsene Person war. Ich wusste nicht mehr, wie ich ihm helfen soll, ich hatte meine eigenen Sorgen. Ich dachte mir, wenn er nichts ohne seine Familie entscheiden kann, sollte ich ihn nicht mehr anrufen. War er nach Madrid gefahren und hatte er den Pass bekommen? Von ihm habe ich es nicht erfahren, er blieb stumm.

Nach einer Weile rief ich ihn an. Dabei erfuhr ich, dass ihn sein Freund aus Bosnien besucht hat. Mihail hat nicht mehr vom Pass gesprochen. Ich war so verärgert, dass mir die Luft wegblieb. Nein, ich wollte ihn dann nicht mehr anrufen, ich wusste nicht mehr, was ich ihm sagen soll. Ich wollte warten, bis er sich meldet. Und wenn er nichts von sich hören lässt, entschied ich, sollte er nur gesund bleiben.

19. Kapitel

Die Urlaubs- und Ferienzeit endete und die Kinder liefen wieder in die Schulen. Ich erholte mich langsam von den üblen Erlebnissen. Ich konnte meinen Sohn immer noch nicht erreichen. Er durfte sich nicht melden, solange seine Tante in der Nähe war, dessen war ich sicher. Ich wartete auf meine Freundin Hana, damit ich ihr alles erzählen kann. Während ich mit ihr redete, weinte ich nur. Sie war traurig darüber, welche Anstrengungen ich unternommen hatte, um mit meinem Sohn zusammen sein zu können. Mein Ehemann sah das ebenfalls. Er bemerkte, dass Mihail das nie geschätzt hat. Max beruhigte mich und meinte, ich müsse verstehen, dass ich ihn verloren habe. Es war mir klar, aber ich wollte es nicht zugeben. Ich hatte keine Kraft mehr, ich wusste, der liebe Gott wird alles zu einem guten Ende führen.

Mein Sohn hatte am 21. November Geburtstag. Es war ein sonniger Tag und ich wollte in die Kirche gehen, zum lieben Gott für meinen Sohn beten. Das war das Einzige, was ich für ihn tun konnte, dazu zündete ich eine Kerze für ihn an. Ich musste mit dieser Situation endlich Frieden finden.

Ich rief ihn an und gratulierte ihm zum Geburtstag. Auch Geld hatte ich ihm wieder geschickt, was ihn gefreut hat. Wir haben uns eine Weile unterhalten, so war es ein guter Tag. Beschwingte Laune hatte ich, nachdem mein Mann von der Arbeit gekommen ist, und wir lange geredet haben. Das erste Mal in diesem Jahr konnte ich lachen. Endlich hatten wir Ruhe. Dann klingelte das Telefon. Es war Max Mutter.

Sie hatte die Diagnose Brustkrebs bekommen und brauchte eine Operation. Man musste ihr eine Brust entfernen. Mit ihren 78 Jahren gab es für sie keine andere Therapie. Mein

Mann und ich waren sehr traurig darüber. Der Tag, der so schön begonnen hatte, verdüsterte sich. Ich bekam Angst vor der Brust-Untersuchung, die mir bevorstand.

Erika hatte sich früher oft auf Krebs testen lassen, trotzdem bekam sie jetzt diese Diagnose. Ich kriegte große Angst und eine innere Stimme sagte zu mir, ich soll zum Arzt gehen. Nachdem ich vieles über die Brustkrebssymptome gelesen hatte, bemerkte ich diese Anzeichen auch an mir. Daraufhin habe ich öfter vor dem Spiegel meine Brust abgetastet. Schließlich ließ ich mich untersuchen. Ich wollte meinem Mann noch nichts davon sagen. Jetzt hatte ich Angst, wie noch nie in meinem Leben. Die Ärztin, die mich untersucht hatte, stammte aus Bosnien. Sie war sehr nett und bat mich, ich solle mich ausziehen. Ich erklärte ihr dann, dass ich oft schwitze, Schmerzen in den Beinen habe und dass ich auf meiner linken Brust ein blauer Fleck ist.

Während sie mich untersuchte, merkte ich, dass etwas nicht in Ordnung ist. Ich schaute sie nur an und sie blieb erst einmal stumm. Dann erklärte sie mir, es sei gut, dass ich rechtzeitig gekommen bin. Sie habe bei mir etwas entdeckt. Die sagte, es sei noch nicht so ernsthaft und man habe noch genug Zeit. Schockiert konnte ich sie nur anstarren, ich wusste nicht, wovon sie spricht. Die Ärztin sagte mir dann, dass ich ein Tumor habe, aber dass man ihn heilen könne. Ich konnte mich nicht bewegen. Eine Mammographie müsse erfolgen, danach würde ich einen Termin für eine Operation im Stuttgarter Krankenhaus bekommen. Wie sollte ich das Max beibringen? Er würde es nicht ertragen. Ich konnte ihm nicht mitteilen, dass ich eine Operation brauche. Ich kann mein verzweifeltes Gefühl nicht beschreiben. Ich hatte große Furcht vor der Operation und davor, was ich meinem Ehemann antat.

Nach der Mammographie stellte ich mich bei einem Spezialisten vor. Dieser Tag war unendlich lang und hat mir alle

Lebensträume gestohlen. Ich hatte nur einen Wunsch – am Leben bleiben! Am Ende bekam ich den Operationstermin. Alles ging so schnell, dass ich nicht Länger darüber nachdenken konnte. Wie sollte ich es Max erklären? Er hatte doch genug Sorgen mit dem Unternehmen. Sein Chef dachte nur an den Ertrag, nicht an die Arbeiter. Wir brauchten seine Arbeit, um existieren zu können. Dabei mussten wir manche Widrigkeiten aushalten.

Ich erklärte Max, dass ich operiert werden muss, es sei aber nichts Schlimmes. Ich brachte es nicht übers Herz, ihm zu sagen, wie Ernst die Lage ist. Max wollte mich an dem kommenden 3. Dezember ins Krankenhaus begleiten. Wir erzählten unseren Familien nichts davon. Ich hatte Angst davor, mit der Mitteilung seine Mutter zu belasten. Bald kamen die Feiertage und ich wollte keinem Sorgen bereiten. Ich wusste, dass mir jetzt nur der liebe Gott helfen kann. Ansonsten versuchte ich, mir meine Angst nicht anmerken zu lassen. Die Nächte vor der Operation habe ich nicht geschlafen. Eines abends kam Max übel gelaunt von der Arbeit, wusch sich und setzt sich an den Esstisch. Ich fragte ihn, ob er frei bekommen habe, um mich ins Krankenhaus zu bringen. Das war der Grund, warum er sauer war, sein Chef habe ihn angeschrien und erklärt, er würde keine freien Tage mehr bekommen, sonst bekäme Max die Kündigung. Ich versuchte, ihn zu beruhigen, war aber insgeheim ziemlich traurig. Wie konnten Menschen so gefühllos sein? Ich konnte es nicht fassen, wie kalt manche Leute sind.

Der Tag der Operation kam. Ich stand aus dem Bett auf und richtete mich zum Gehen. Ich habe lange gebetet. Mein Mann blieb an diesem Morgen schweigsam. Tieftraurig überlegte ich mir ständig, was mit mir passieren wird. In der Klinik entdeckte ich eine kleine Kapelle, und Max fragte die Krankenschwester, ob ich sie betreten dürfe. Sie erlaubte es, ich betrat die Kapelle und hatte schon weniger Angst. Ich wusste, mir hilft der liebe Gott dafür, dass ich das alles besiegen werde. Ich betete um die Gesundheit meines Sohnes, meines Mannes und um meine Gesundheit. Anschließend ging ich hinaus in die Krankenzimmer und bereitete mich auf den Eingriff vor. Dann hieß es warten.

Ich schaute mir diese Frauen dort an, die an Krebs erkrankt waren – sie hatten alle gelbe Gesichter und an ihren Augen sah man, dass sie krank sind. Viele übergaben sich öfter. Meine Angst hat mich so verwirrt, dass ich gar nicht mehr merkte, dass es Zeit wurde, in den OP zu gehen. Dann war es soweit, ich verabschiedete mich von Max, er wollte im Wartezimmer bleiben. Der Arzt war freundlich zu mir. Er lobte, dass ich rechtzeitig reagiert hatte, er könne mich heilen, ich solle nur seinen Anweisungen folgen, erklärte er mir. Er nahm als erstes winzige Proben von dem blauen Fleck. Man wollte es untersuchen, um zu prüfen, ob es sich um einen Tumor handelt. Am 5. Dezember soll das Ergebnis da sein, da kriegte ich den nächsten Termin für einen stationären Aufenthalt. Am 6. Dezember soll die eigentliche Operation stattfinden. Der Arzt sagte mir, dass ich ein intaktes Immunsystem habe, und dass ich mich sicherlich erholen werde. Nach der Operation sollte ich mit der Chemotherapie beginnen und anschließend mit der Bestrahlung. Der Arzt erklärte mir, ich würde acht bis neun Monate brauchen, bis ich wieder gesund bin. Während der Behandlung könnte ich meine Haare verlieren, warnte er mich, es würde eine schwierige Therapie werden. Manche Patienten hielten die Prozedur nicht bis zum Ende aus und brechen ab. Aber bei jedem Menschen würde sie etwas anders wirken.

Der Arzt fragte mich, ob ich Stress erlebt habe. Daraufhin erzählte ich von allem, was sich zugetragen hatte, seit mein Kind auf der Welt war. Ich fragte den Arzt, ob ich sterben

werde. Er lachte und sagte, dass man von dem, was ich jetzt habe, nicht so leicht stirbt. Ich sollte darüber mit meinem Mann sprechen. Ich sei jung und gesund und müsse nur die Therapie durchziehen.
Nachdem ich mich angezogen und von dem Arzt verabschiedet hatte, kehrten Max und ich zurück in unsere Wohnung. Ein paar kleine Blutflecken waren auf meiner linken Brust und man hatte ein Tampon dort aufgebracht. Max hatte jetzt mehr Angst als ich. Nachdem ich ihm alles gebeichtet hatte, blieb er stumm, aber ich merkte, wie er zitterte. Ich sagte ihm, dass wir einen schweren Weg vor uns haben, aber es ist noch lange nichts zu ende. Er solle einfach weiter arbeiten, bekräftigte ich Max.

Die Behandlungen sind unheimlich teuer sein, was die Sache noch schlimmer machte. Der 4. Dezember, der Tag meiner Krankenhauseinweisung, nahte. Am Morgen davor stand ich auf und habe lange gebetet. Dann weckte ich Max, damit er pünktlich zur Arbeit kam. Mein Mann wollte für diesen Tag wieder freimachen, aber ich wollte das nicht. Er sollte keinen Stress im Betrieb bekommen.
Ich beruhigte ihn, ich würde es alleine schaffen und wollte ihm melden, wo ich liege und wann er mich besuchen kann. Den ganzen Tag über putzte ich die Wohnung, dazu seine Arbeitssachen und kochte Essen, damit mein Mann etwas Warmes hat, wenn er nach Hause kommt. Ich versuchte, heiter zu bleiben, als er kam. Ich erklärte ihm, wo er alles finden würde, während ich nicht da war.
Dann versuchte ich, mich auszuruhen. Auch meine Freundin Hana hatte erfahren, dass ich Brustkrebs habe und eine Operation brauche. Ich rief sie an und erklärte ihr, dass es morgen losgeht. Nach meinen Erklärungen kriegte sie vor Angst kein Wort heraus. Ich sagte, dass es noch keiner wüsste und

sie wollte nicht glauben, dass mich diese böse Krankheit erwischt hat. Sie meinte, ich würde doch hübsch aussehen und gesund leben. Ich glaubte fest, dass der liebe Gott wusste, was das Beste ist. Meine Freundin konnte mir nicht viel sagen und ich merkte, dass sie traurig ist. Ich ging bald schlafen, um für die Operation ausgeruht zu sein.

Geschlafen habe ich nicht gut, und wenn, dann unruhig. Am Morgen verabschiedete ich mich von meinem Mann. Ich war erstaunlich gefasst, mir tat mein Mann leid, weil er das Ganze mit mir durchstehen muss. Er war sehr niedergeschlagen. Ich versuchte, ihn zu beruhigen und versprach, alles wird gut. Ich versteckte im Schrank ein kleines Geschenk für ihn – er hat am 6. Dezember Namenstag. Nach der Operation wollte ich ihn anrufen und drauf hinweisen, dass er in den Schrank schauen soll.

Ich machte alles fertig und ging ins Krankenhaus. Zuerst besuchte ich die Kapelle, zündete eine Kerze an und betete lange. Dann sah ich die Dokumente durch, füllte alles aus und begab mich zu den Untersuchungen. Um mich herum waren nur fremde Leute, ich hatte niemanden Vertrautes bei mir.

Auf der Wand fand ich ein Heiligenbild, das beruhigte mich etwas. Ich habe alles Notwendige durchgemacht und kam in das Zimmer, wo ich nach der OP bleiben sollte. Überall war es sauber und ordentlich hergerichtet. Ich war in einem Zweibettzimmer untergebracht, ein Bett war meines und im anderen lag eine Frau aus Polen. Es gab einen Fernsehen, Telefon und verschiedene praktische Sache zu unserem Gebrauch. An meiner Seite hing ein Kreuz an der Wand – als ob man gewusst hätte, dass ich das für die Zeit dort brauche. Das tröstete mich. Auf der anderen Seite gab es einen kleinen Tisch, darauf stellte ich Bilder von meinem Mann, meinem Sohn und von der Madonna.

Die Krankenschwestern waren nett, alle sagten, ich solle

mich ausruhen, weil morgen ein wichtiger Tag ist. Ich rief meinen Mann an und gab ihm die Telefonnummer für mein Zimmer. Auch Mihail meldete ich die Nummer, erklärte ihm aber nicht, warum ich im Krankenhaus bin. Die ganze Nacht habe ich nicht geschlafen, und am Morgen hat man mit den OP-Vorbereitungen begonnen. Zuerst gratulierte ich Max am Telefon zu seinem Namenstag und sagte ihm, wo er ein Geschenk finden würde. Er war sehr erfreut, dass ich an ihn gedacht habe.

Bald sollte es losgehen, und in meinem Kopf kreisten tausend Gedanken. Eigentlich wollte ich nur leben. Ich hatte Angst und war gleichzeitig traurig. Dann bekam ich Medikamente. Eine Nonne tauchte auf und fragte mich, ob sie für mich beten soll – ich bat sie herzlich darum. Ich glaubte in dem Moment, ich werde sterben.

20. Kapitel

Ich wachte auf und sah die gleichen Gesichter wie am Anfang der Operation. Ich wollte wissen, wann die Operation sein wird. Sie lachten und sagten, alles sei schon vorbei. Dann wurde ich in mein Zimmer gebracht, wo ich mich ausruhen sollte. Die Operation hatte drei Stunden gedauert. Mir ging es ordentlich und ich, wusste, der liebe Gott hat mir geholfen. Die Frauen, die ich nach der Operation traf, konnten nicht glauben, dass es mir so gut geht.

Der Chef der Klinik besuchte mich und fragte mich, wie es mir ginge. Die Krankenschwestern verboten mir, alleine aufzustehen, dazu müsse ich sie rufen. Sie haben sich gern um mich gekümmert, weil ich eine genügsame Patientin war. Alle Frauen dort brauchten Schmerztabletten, ich nicht. Alle wunderten sich und fragten sich, warum es bei mir so ist. Ich sagte nur, dass mir der liebe Gott hilft. Sie haben nur darüber gelacht.

Mein Mann hat mich angerufen und gefragt, wie es mir geht. Er bedankte sich für das Geschenk, das er gefunden hatte. Ein paar Tage verbrachte ich im Krankenhaus. Täglich fragte Mihail nach mir. Ich wusste, dass er sich Sorgen um mich macht, dass er an mich denkt, und dass seine Familie ihm vieles verbietet. Er liebte die Familie und wollte sie nicht verlassen. Jetzt verlangten sie von ihm, dass er auszog.

Meine Freunde haben sich bei mir gemeldet, obwohl sie nicht wussten, warum ich im Krankenhaus bin. Ein guter Bekannter aus Bosnien hat mir geschrieben, ich solle keine Angst haben. Ich hätte vielen Leuten dort geholfen und das würde der liebe Gott jetzt sehen. Diese Nachricht hat mich gefreut, weil jemand bemerkt hat, was ich Gutes versucht hatte. Es rührte mich zu Tränen. Und dann habe ich neue Kraft gespürt. Ich habe versprochen, mich immer um die Leute, die Hilfe brauchen, zu kümmern. Besuch bekam ich nur von Max.

Als ich entlassen wurde, war ich alleine, was mich traurig machte. Um meine Schwiegermutter nicht unnötig zu Sorgen, haben wir der Familie nichts von meinem Zustand erzählt. Sie heuchelte Sympathie für mich und mein Mann war traurig, weil er mit niemandem vertrauensvoll sprechen konnte. Max hatte arbeiten müssen, deshalb holte er mich nicht ab. Darum ging ich alleine nach Hause. Es betrübte mich, dass niemand auf mich wartete. Ich fühlte mich alleingelassen in einem fremden Land.

Die Chemotherapie würde folgen und es war gut, dass ich privatversichert war. Ab Januar 2013 sollte ich damit beginnen und bis dann alle Medikamente gekauft haben. Zwei Mal im Monat musste ich Chemotherapie bekommen, sieben Tage sollte ich Spritzen kriegen. Vor meiner Entlassung hatte ich nochmals die Kapelle besucht und Gott gebeten, er möge mir weiterhelfen. Ich weinte wieder. Es war zu traurig, dass niemand für mich da war. Ich kam in unsere Wohnung und rief zuerst mal Max an.

Nun ruhte ich mich erst einmal aus. Obwohl ich keine Schmerzen hatte, konnte ich meine Hand nicht richtig bewegen. Ich bin dann eingeschlafen. Max empfing mich froh und versicherte mir, alles zu tun, damit es mir wieder gut geht. Ich wollte ihm in dem Moment nicht zeigen, dass ich in der nächsten Zeit nicht arbeiten kann, und ich nahm mir fest vor, bald gesund zu werden.

Wir feierten das nächste Weihnachten gemeinsam mit meiner Schwiegermutter Erika. Sie war wieder unfreundlich zu uns, schaute mich nicht einmal an. Mein Mann war betrübt über ihr Benehmen. Ich fragte sie, ob sie Hilfe im Haushalt braucht, das lehnte sie beleidigt ab. Ich erfuhr, dass sie sauer darüber war, dass ich nicht beim Wohnungsputz vor den Feiertagen geholfen hatte. Mein Mann erklärte, er habe dafür nicht frei bekommen, sie hat ihm nicht geglaubt. Max ging auf den Balkon zum Rauchen, er war sehr traurig. Ich konnte seinen Schmerz mit der Mutter verstehen. Ich versuchte, Erika zu erklären, dass es Probleme gab und wir deshalb nicht behilflich sein konnten. Eigentlich hätte ich ihr gerne die ganze Wahrheit erzählt, aber es interessierte sie nicht. Auch ich zog mich in ein Zimmer zurück und weinte. Ich wollte nicht, dass es Max sieht. Max hielt die Situation nicht mehr lange aus, spürte ich. Mir tat es leid, dass wir wie Fremde in diesem Haus behandelt wurden, weil ich wusste, wie sehr das Max belastet.

Ich beruhigte Max und war um seine Gesundheit besorgt. Ich wünschte mir, dass er stark bleibt. Ich schlug ihm vor, erst nach den Feiertagen wieder zu Besuch zu kommen. Dann, wenn die Operation seiner Mutter ansteht.

21. Kapitel

Max hatte wieder Schmerzen in den Beinen. Wir haben seinen Bruder mit Familie besucht, wie an jedem Feiertag. Üblicherweise gingen wir am Heiligabend zu seinem Bruder Charly und nochmals am Weihnachtsfeiertag gemeinsam mit Erika. Anschließend wollte Charly seine Schwiegermutter besuchen und deren Partner reiste zu dessen Tochter.
Am zweiten Weihnachtsfeiertag waren wir alle zusammen. Mein Mann sah glücklich aus und schien keine Schmerzen zu haben, was mich freute. Wir besuchten anschließend Max Mutter und schauten gemeinsam Fernsehen. Das Programm entschied Erika. Wir hatten dazu nichts zu sagen, sie bemerkte uns nicht einmal. Erika wollte nicht mit ihrem Sohn sprechen und legte sich zum Ausruhen ins Bett. Wir akzeptierten ihr abweisendes Verhalten, weil wir ihr die Feiertage nicht vermiesen wollten. Wir haben es ausgehalten und am zweiten Tag fing ich an, das Haus zu putzen. Ich musste es tun, dass ich eine Operation hinter mir hatte, spielte keine Rolle. Nachdem Erikas Enkeltochter schlafen gegangen war, sollte ich für Ordnung sorgen. Es war jedes Jahr die gleiche Prozedur. Die Enkelin musste keinen Finger krumm machen und ist dazu hin von der Oma mit Geschenken überhäuft worden.
Max soll nach dem Tod seiner Mutter kein Erbe bekommen, weil sie alles seinem Bruder vererben möchte. Mein Mann hat sich damit zufrieden gefunden. Er war trotzdem weiterhin nett zu Erika, obwohl sie seinen Zwillingsbruder Charly wie ihr einziges Kind behandelte. Seinem Zwillingsbruder hat sie ein Haus gebaut, dazu einiges Inventar dazu gekauft und andere wertvolle Geschenke gemacht.
Max hatte früher oft von seiner Mutter gesagt bekommen,

dass er nicht heiraten und keine Kinder bekommen dürfe. Das hatte Erika auch mir erklärt. Sie ist eine herzlose Frau und hat meinem Mann nie verziehen, dass er geheiratet hat. In dieser Atmosphäre haben wir die Feiertage verbracht. Das hat uns nur Kummer gemacht, so hatten wir uns Weihnachten nicht vorgestellt.

Unsere Wohnung war zwar nicht so reich angerichtet, dennoch erlebten wir hier ein schöneres Fest. Wir achteten nicht auf Geschenke. Der Gottessegen war uns das beste Geschenk.

Erika stand kurz vor ihrer Operation. Max Bruder mit seiner Frau brachten sie dazu ins Krankenhaus. Ich hatte meiner Schwiegermutter als guten Wunsch ein Heiligenbild in ihre Tasche gesteckt und in unserer Wohnung warteten wir auf das Ergebnis der OP. Meine Schwiegermutter hatte alles bestens überstanden und sie sollte anschließend vier Tage im Krankenhaus bleiben.

Das Neujahr haben mein Mann und ich alleine verbracht. Wir wünschten uns Gesundheit und dass wir lange Zusammensein können. In unserem Zuhause hatten wir einen reich dekorierten kleinen Weihnachtsbaum aufgestellt. Auch freuten wir uns über Kuchen und andere Leckereien. Die ganze Stadt sah froh aus und wir erlebten ein bombastisches Feuerwerk.

Das Jahr 2013 brach an und ich dachte nur daran, dass ich mit meiner Therapie beginnen muss. Zunächst wünschte ich vielen Leuten ein gesegnetes Neujahr. Manche antworteten auf meine Nachricht, für mich war eine Reaktion meines Sohnes das Wichtigste. Am Morgen gratulierten wir Erika und Max Familienmitgliedern. Wir brachen zu meiner Schwiegermutter auf. Als wir dort waren, wollte ich ihr erklären, dass auch ich wegen dieser Krankheit operiert worden war. Es interessierte sie nicht, wie immer ging es nur um ihre Probleme im Leben. Wir haben uns um sie bemüht, sind ihr zur Hand gegangen. Später versuchte Max, seiner Mutter zu erklären, dass auch ich eine ähnliche Operation hinter mir habe. Ich zeigte ihr dazu meinen Bauchschnitt. Sie sagte nichts, schaute mich nur an und lachte mich dann aus. Das sei doch nicht so schlimm, meinte sie verächtlich, wir hätten doch Schlimmeres erlebt mit dem Geldverlust. Meine Erkrankung war für sie nichts. Anschließend wollte sie die Neuigkeit sofort über das Telefon mit Familienangehörigen teilen. Ich wollte das nicht, mir war das peinlich, Erika war das egal. An diesem Tag hatte mein Mann wieder Beinschmerzen und er konnte nicht aufstehen. Mir war in dem Moment klar, dass wir in Deutschland völlig auf uns alleine gestellt sind. Ich verzog mich ins Badezimmer und weinte. Ich wünschte mir Gerechtigkeit, sie waren alle so furchtbar herzlos. Max hielt es nicht mehr aus und wollte sofort aufbrechen. Ich betete zum lieben Gott, er solle meinen Mann trösten. Er beruhigte sich und wir sind nach Hause gefahren. In unserer Wohnung waren wir wieder für uns und lebten das, was für uns gut ist.

Die Feiertage waren vorbei und ich musste mich auf die Chemotherapie vorbereiten. Ich bat den lieben Gott, mir weiter Kraft zu geben, damit ich die Strapazen aushalten kann und alles wieder heilen würde. In der Apotheke bekam ich einen Schock. Die Medikamente sollten 2000 Euro kosten! Ich hatte Angst und fragte mich, wie ich das bezahlen soll. Ich habe kein Geld, erklärte ich der Apothekerin, was ich tun könne, fragte ich sie. Sie wusste keine Antwort, ich bedankte mich und kehrte in unsere Wohnung zurück. Auch Max machte sich Sorgen wegen der hohen Kosten. Er wollte sich darum kümmern, denn ohne diese Medikamente konnte ich meine Therapie nicht beginnen.

Am nächsten Morgen erklärte ich im Krankenhaus, dass ich kein Geld für die Arznei hätte. Die Ärztin schaute mich traurig an. Sie sagte mir, wie ich die Kosten durch die Apotheke und die Versicherung aufbringen könnte. Sofort machte ich mich daran, alle Unterlagen zu richten und die Hilfe zu beantragen. Zum Glück hat schließlich die Versicherung 100 Euro monatlich für die Therapie überwiesen, die ich dann an die Apotheke für die Arznei zahlte. Endlich konnte ich mit der Behandlung beginnen. Die bestellten Medikamente wurden mir in unsere Wohnung gebracht. Max litt wieder unter Beinschmerzen, konnte deshalb nicht arbeiten und es fiel ihm schwer, mich ins Krankenhaus zu fahren. Ich hatte Angst, es war für mich die erste Therapie dieser Art.

Zuerst betete ich in der Krankenhauskapelle. Dann brachte ich meine Papiere und wurde in einem Zimmer mit vier Frauen untergebracht. Sie haben mir einen Port an der rechten Brustseite gelegt, sodass mir die vielen kommenden Spritzen nicht die Haut verletzen. Ich musste vier Flaschen injizierte bekommen und vier Stunden sollte ich sitzen bleiben, bis alle leer waren. Ich betete zum lieben Gott und schaute die anderen Frauen an.

Manche hatten keine Haare, viele sahen betrübt aus, einigen war es übel. Ich schwieg nur und betete still. Ich aß etwas nebenbei, was den anderen seltsam vorkam. Manche sagten, sie würden gerne essen, ihnen ginge es aber zu mies dafür. Ich erklärte, es sei meine erste Behandlung. Nach der Infusion war ich blass im Gesicht aber dankbar, dass alles vorbei war.

Am 28. Januar ging es weiter. Nun bekam ich gleichzeitig Spritzen und Medikamente. Die Arbeitssituation meines Mannes hatte sich verbessert. Weil Winter war, hofften wir, dass die Auftragslage weiter bessern würde. Wir hatten viele Rechnungen zu bezahlen, noch eine Sorge für uns. Meine Schwiegermutter hatte wieder bei Max angerufen und sich nur über ihren Kummer beklagt. Nie wollte sie wissen, ob er Hilfe braucht. Sie vermutete, ich würde nicht laufen können und es ginge mir schlecht. Sie wollte nicht glauben, dass ich relativ fit war. Mein Ehemann konnte von seiner Familie keine Unterstützung erhoffen. Aber mit mir konnte er alle seine Sorgen teilen. Dass seine Familie so gleichgültig reagierte, war für ihn bedrückend. Erika provozierte Max mit bösen Gesprächen und ich hatte Angst, er könne einen Herzanfall bekommen. Meine Mutter war sauer darüber, weil er mich ins Krankenhaus gefahren hat. Die zweite Therapie hat mich etwas mehr belastet. Dennoch konnte ich alle Aufgaben weiter erledigen. Dann kam ein belastender Brief: Wegen hoher Schulden sollten wir unsere Wohnung verlassen. Max ging arbeiten und ich habe versucht, das Drama beim Vermieter Wohnungsbau abzuwenden. Ich erklärte ihnen unsere Situation, und dass wir Geld von Kunden bekommen. Ich bat um einen Aufschub der Kündigung bis Ende Februar. Sie willigten ein, und ich musste wegen der großen Aufregung weinen. Bis 3. Februar sollten wir Zeit haben, die Schulden für die Wohnung zu begleichen. Außerdem empfahlen sie mir Hilfen, die Krebspatienten unterstützen. Ich machte mich sofort auf den Weg zur Diakonie, dessen Adresse mir die Frau vom Wohnungsbau gegeben hatten. Leider war die zuständige Dame für meine Angelegenheit nicht vor Ort, aber ich hatte wenigstens ihre Telefonnummer bekommen. Zurück in unserer Wohnung wurde es mir hundeelend. Wenn Max kommen würde, wollte ich ihm gleich die Neuigkeiten erzählen. Unsere Situation war so, dass Erika zwar Geld besaß, wir aber nicht bei ihr betteln wollten. Ich erreichte die Frau bei der Diakonie telefonisch. Ich bat sie um Hilfe und erklärte ihr, dass wir ein kleines Unternehmen hatten und dass ich keine Sozialhilfe bekomme. Sie meinte, sie könne mir nicht helfen.

Keiner unterstützte uns, das raubte mir alle Kraft. Ich weinte nur. Max wollte bei seiner Firma um Hilfe bitten. Das war unsere letzte Option.

Am Abend hatten wir das Geld, es war wieder ein Darlehen und wir konnten uns zukünftig keine weiteren Schulden erlauben. Zunächst zahlte ich die Miete beim Wohnungsbau. Zusätzlich sollte ich jeden ersten des Monats 800 Euro abbezahlen. Ende Februar habe ich wieder Geld eingezahlt. Dann kam eine Postkarte von der Stadt, ich sollte mich bei ihnen melden. Ich fragte mich, was da wieder los ist. Bei der zuständigen Dame erfuhr ich, dass wir unsere Wohnung verlassen sollen. Wir würden eine Übergangsbleibe bekommen, bis wir eine neue Wohnung gefunden hätten. Ich erklärte ihr, dass ich alle Schulden bezahlt hätte und dass ich nicht verstehen könne, warum wir trotzdem eine Kündigung bekommen.

Am Ende entwickelte sich alles zu unseren Gunsten und wir durften zum Glück in der Wohnung bleiben. Ich war erschöpft und hatte nur den Wunsch nach Ruhe und wollte den ganzen Ärger vergessen. Aber mir war klar, ich musste weiter kämpfen – gegen meine Krankheit und gegen herzlose Menschen. Die Chemo zeigte Wirkung und ich verlor nach und nach meine Haare. Inzwischen bekam ich die dritte Chemotherapie. Und wieder kam Post mit Rechnungen. Eine Steuerrechnung, eine von der Gemeinde und andere wichtige, die wir begleichen mussten.

Aus lauter Sorge, dass ja alles bezahlt wird, bemerkte ich gar nicht, wie sich meine Haare vollends vom Kopf lösten. Es war eine schreckliche Zeit. Ich habe eine ganze Stunde um mein Haar geweint. Ich bedeckte mich mit einem Schal, damit mich Max so nicht sieht, er sollte sich keine Sorgen machen. Es war Winter, sodass ich eine Kappe tragen konnte. Ich wollte nicht mehr unter die Leute gehen und eine Zeit lang hat Max für uns eingekauft. Es war keine Lösung, mich nur zu verkriechen, also habe ich mir eine Zweitfrisur gekauft. Oh war das traurig. Die Perücke hatte mich 500 Euro gekostet und ich habe dafür keine Zuschüsse gekriegt. Mit dem Zweithaar ging ich wieder vorsichtig aus dem Haus. Niemand merkte, dass ich künstliche Haare auf dem Kopf trug. Fast ein halbes Jahr hat mich keiner mit Glatze gesehen.

Nach Bosnien schickte ich einen Arztbrief und schrieb, dass die Therapie ein ganzes Jahr dauern wird. Und dass ich deshalb dort nicht arbeiten konnte. Nach der sechsten Therapie kam der Appetit wieder und mir ging ordentlich. Nur noch drei Behandlungen standen mir bevor und zum Glück habe ich alles vertragen. Ich war so froh, dass die Therapien bald zu Ende waren, dann war ich hoffentlich endlich gesund. In dieser Zeit hatten sich meine Gesichtshaut und meine Finger gelb gefärbt und ich hatte Schmerzen in den Beinen. Meine Schwiegermutter machte damals eine Reha, die ihr die Versicherung zahlte. Meine Versicherung bezahlte nichts, sodass ich alleine 20 000 Euro aufbringen musste. Trotz der 370 Euro, die ich jeden Monat an die Versicherung überwies.

Erika erholte sich in der Kur und ich kämpfte weiter allein ums Überleben. Meine Schwiegermutter hatte damals Max angerufen und gelästert, die Leute in der Kur mit Glatze würden so schrecklich aussehen und man wissen nicht, ob sie Mann oder Frau seien. Mir hat das weh getan, denn sie wusste, dass ich meine Haare verloren hatte. Und sie konnte nicht glauben, dass es mir nach dieser schweren Krankheit verhältnismäßig gut geht. Sie gönnte uns nie etwas Gutes und heuchelte bei fremden Leuten Emotionen. Sie hat zwei Gesichter. Ich habe nur zum lieben Gott gebetet, er möge mir und meinem Mann helfen.

Ende Mai beendete ich die Chemo erfolgreich. Wir haben anschließend Erika besucht. Sie wollte uns in unseren für sie ärmlichen Verhältnissen nicht besuchen. Die Familie wunderte sich, wie schön ich aussah, nach all den Strapazen. Es war nur ein Anstandsbesuch. Zehn Tage danach gingen die Bestrahlungen los. Täglich bekam ich welche, außer am Wochenende. In dieser Zeit erhielt Max mehr Aufträge, was mich freute. Vor dem erste Bestrahlungstag hatte ich Angst, weil ich wieder alleine hin musste. Man hatte mich auf die Behandlung vorbereitet, indem sie irgendwelche Linien auf meinen Körper gemalt haben. Ich fragte mich, was das soll und bat den lieben Gott um Hilfe. Ich wünschte mir nur ein Ende der Prozedur und hoffte, dass mein starker Wille und der Glaube an den lieben Gott alles besiegen wird, sogar den Krebs.

Noch immer belasteten mich Rechnungen, die natürlich bezahlt werden mussten. Aber ich merkte, dass meine Haare anfingen zu wachsen. Ich war so glücklich darüber und ich konnte es kaum erwarten, meinem Mann davon zu erzählen. Er war erleichtert und lachte das erste Mal seit langer Zeit wieder. Ich hatte zu viele Sorgen und war außerdem oft traurig, wegen Max. Niemand in seiner Familie war für ihn da, er hatte nur mich. Ich wollte, dass er wegen meiner Situation mit seinen Kollegen spricht.

Manche boten ihm Hilfe an und andere fragten ihn, ob er Sozialhilfe beziehen würde, wenn ich sterben sollte. Das hat ihn enttäuscht, seit diesem Tag besprach er Sorgen nur noch mit mir, egal was es war. Ich konnte ihm Kraft gegeben. Täglich fuhr ich alleine ins Krankenhaus zur Bestrahlung. Es war ein langer Weg mit Bus und Zug. Niemand unterstützte mich, nur mein Ehemann, der hart arbeitete, damit wir Geld hatten. Mit der Zeit wurden meine Haare dichter und länger. Ende Juli konnte ich die Krebstherapie endlich beenden. Man hat mir abschließend den Port entfernt und es folgten nur Kontrolluntersuchungen im August.

Es begann ein neues Leben. Ich war eine andere Person

geworden mit wachsender Energie, obwohl man die Nebenwirkungen der Behandlungen sehen konnte. Auch bekam ich eine veränderte Frisur, ich hatte zwar kurzes Haar, es sah aber schick aus. Viele Leute sagten mir, es würde mir stehen. Ich war froh darüber und es hat mir neuen Mut und Kraft gegeben. Mir ging es nach und nach besser. Auch Max gefiel mein verändertes Aussehen und bei ihm spürte ich ebenso wieder die Lebenskraft wachsen. Meine Familie wusste nicht, was mit mir passiert war. Sie hatten zwar erfahren, dass ich krank war, aber nicht, dass ich Krebs hatte.

22. Kapitel

Es war der 28. August 2013, mein Geburtstag. Meine Eltern hatten meinen Namen Gospa nach einer Heiligen, die im Leben auf mich acht geben sollte, ausgewählt gehabt. Auf einer kleinen Insel gab es eine Statue von der Heiligen Gospel. Man sieht sie aus der Ferne, wenn es Tag ist, und am Abend leuchtet sie.

Es war im Jahr 1983. Mein erster Ehemann hatte mich gezwungen, mit ihm diese Insel zu besuchen. Damals hatte ich Angst, weil mir dort alles fremd war. An einem für mich orientierungslosen Tag hatte er mich ohne Grund geschlagen und beschimpft. Auch nachdem ich die Statue entdeckt hatte, schlug er mich weiter und drohte mir, er wolle mich ins Meer werfen. Vor lauter Schmerzen und Angst, habe ich seine Drohungen irgendwann nicht mehr wahrgenommen. Ich betete nur zum lieben Gott, dass er mir helfen soll. Ich saß auf der Erde und betete und betete und merkte nicht, wie er fortgegangen ist. Er hat mich in der fremden Umgebung alleine gelassen. Aber ich war nur dankbar, dass ich lebe. Seit diesem Tag bin ich immer fest im Glauben.

Nach einer Weile bin ich aufgestanden und wollte zum Restaurant, das wir als Letztes besucht hatten. Aber ich wusste nicht, wo es ist. Mein Mann war oft auf der Insel gewesen, ihm war alles bekannt. Er hatte Freunde dort und einer von ihnen betrieb das Restaurant „Vekslo". Ich hatte Angst und fragte mich, wohin ich gehen sollte. Ich konnte meinen Mann nicht finden, und er hatte alle meine Sachen bei sich. Ich war verletzt, hatte kein Geld bei mir und weinte. Ich zitterte, weil es kalt war und ich weinte immer fort. In der Ferne entdeckte ich Leute und ging ihnen entgegen. In ihrer Nähe versteckte ich mich hinter einem Baum und bemerkte Polizisten. Ich sah, dass ich vor dem Restaurant seines Freundes war. Davor stand mein Ehemann mit der Polizei. Er hatte wieder ein Problem und die Beamten mussten ihn beruhigen. Mein Bruder hatte ihm Geld gegeben, damit er wichtige Dinge kaufen und arbeiten kann. Aber er hatte alles in der Kneipe gelassen. Ich kauerte die ganze Nacht neben dem Baum, hatte mich nicht zu meinem Mann getraut, weil ich wusste, was er mir machen würde.

Die Polizei hat am nächsten Morgen meinen Mann weggebracht und ich war weiterhin alleine. Ich lief orientierungslos herum, bis ich auf eine alte Frau traf. Sie zeigte mir, wie ich zum Restaurant kam. Ich klagte ihr mein Leid, dass ich kein Geld hätte. Daraufhin gab sie mir etwas, ich bedankte mich und lief zum Restaurant. Ich setzte mich an einen Tisch und beobachtete die Leute, wie sie sich freuten. Ich konnte die ganze Zeit nur weinen, weil ich ein solch elendes Leben führte, habe mir dann Tee bestellt und wollte danach meinen Mann suchen. Aber noch bevor ich den Tee ausgetrunken hatte, erschien er im Lokal. Ich wusste, dass er mich sucht und winkte ihm. Er starrte mit bösem Gesichtsausdruck, setzte sich zu mir und schaute mich stumm an. Dann wollte er wissen, wie ich hier hergekommen sei und woher ich Geld hätte. Ich sagte, dass mir eine Frau geholfen hatte.

Wir kehrten zurück in unsere Wohnung, wo ich mich hinlegen konnte. Er wollte seine Mutter anrufen, damit sie ihm Geld schickt, weil wir keins mehr hatten. Er erklärte ihr, dass er seinem Freund das Mobiliar zerschlagen hat und nun alles zahlen muss. Ich sagte nichts dazu, wollte nur gesund nach Doboj kommen. Nachdem das Geld seiner Mutter angekommen war, befahl er mir, ich solle mich zum Gehen fertig machen. Vier Tage waren wir auf der Insel, es war eine furchtbare Zeit. Seither reise ich nicht mehr ans Meer, weil ich dort so viel Gewalt erlebt habe. Mein Mann und ich fuhren wieder nach Doboj, er hat an diesem Tag nichts getrunken. Als wir in die Wohnung gekommen sind, bemerkten wir, wie seine Mutter und Schwester die ganze Wohnung umgestellt hatten. Ich erfuhr, dass mein Mann seiner Mutter das ganze Geld von meinem Bruder gegeben hat.

5000 Euro hatte mein Bruder meinem Ehemann gegeben, das hatte ich nicht gewusst. Seine Mutter war wieder sauer auf mich, weil ich nicht vor meinem Mann weggelaufen war. Ich erklärte ihr, dass ich das nicht konnte, weil er meinen Ausweis bei sich hatte. Ich fragte sie, warum sie ihm Geld geschickt hat. Mein Mann und seine Mutter stritten. Sie beschwerte sich darüber, dass er mir verraten hatte, dass er ihr das Geld geben soll. Sie wehrte sich und erklärte, dass ihre Tochter diese Sachen gekauft hätte und sie kein Geld von meinem Bruder bekommen hätte. Sie hatten meinen Bruder betrogen, um an sein Geld zu kommen. Das waren schlimme Zeiten, an welche ich mich nicht mehr erinnern will.

23. Kapitel

Nun, 2014, konnte ich meinen Geburtstag mit meinem zweiten Ehemann Max feiern. Er hatte mir Blumen gekauft, und ich war froh, dass ich alles besiegt hatte. Ich plante, meine alte Arbeit wieder aufzunehmen. Ich klebte eine Anzeige auf unser Auto, sodass mehr Kunden angerufen haben. Endlich war als alles in Ordnung. Ich wandte mich an eine Medienfachfrau und fragte sie, ob meine Lebensgeschichte es wert sei, aufgeschrieben zu werden und ein Buch daraus zu machen. Sie bestärkte mich und meinte, es sei ein gutes Beispiel, wie man im Leben stark sein könne. Sie hatte leider keine Zeit, es für mich aufzuschreiben. So entschied ich mich dafür, es selbst zu tun. Das Jahr 2013 war fast zu Ende und ich musste mich nochmals untersuchen lassen. Ich war gesund, hatte kein gelbes Gesicht mehr, auch meine Finger waren wieder normal, ich war eine neue Person.

Meine Freundin Hana hatte mich inzwischen besucht und wir blieben im Kontakt. 2014 wollte ich endlich nach Bosnien reisen. Am 7. Januar war für mich Weihnachten und ich plante, die Feiertage mit meiner Schwester Sofi verbringen. Sie litt an Gesundheitsprobleme und ich wollte zu ihr, damit sie nicht allein ist. Dabei könnte ich meinen Sohn sehen, weil der gesagt hatte, er würde nach Sarajevo kommen. Endlich konnte ich ihm erzählen, welche Krankheit durchgemacht hatte. Zwei Jahre hatte ich ihn nicht gesehen, ebenso wenig meine ganze Familie. Alle wussten, dass ich komme, und waren neugierig, wie ich nach der Krankheit aussehe und ob ich ihnen etwas mitbringe. Ehrlich gefreut haben sich nur wenige. Zunächst feierte ich mit Max Neujahr und brach am dritten Januar nach Bosnien auf.

 Ich hatte keine Geschenke mitgebracht und nur wenig Geld, weil wir selbst nichts besaßen. Ich wollte meine Schwester Sofi zuerst besuchen. Als ich endlich bei ihr angekommen bin, war ich sehr froh. Auch meine Schwester Zorica war mit ihren Kindern dort zu Besuch. Ich sah, wem ich wirklich wichtig bin. Nur ein paar kleine Geschenke konnte ihnen geben und erklärte, wie es uns ergangen ist. Daraufhin schaute Zorica mich nur kalt an und ignorierten mich. Sie lachte nicht und zeigte keine Freude über mein Kommen. Sie schmollte beleidigt und alle anderen taten die Arbeit und bedienen alle. Ich war sehr traurig. Meine Schwester Sofi und ich hatten ihr ein Schwein gekauft, dass sie im Hause hatte, weil es Feiertage waren. Zorica war nie dankbar, egal wie man ihr geholfen hatte. Ich behielt es am Ende doch für mich, dass ich Krebs hatte.

 Endlich bekam ich eine Nachricht von meinem Sohn, wir könnten uns in Sarajevo sehen, schrieb er. Ein Bekannter fuhr mich in die Stadt. Ich dachte während der ganzen Reise nur daran, wie ich meinem Sohn sagen werde, dass ich Gesundheitsprobleme hatte. Bei unserer ersten Begegnung merkte ich, dass auch er betrübt war und sich nicht über unser Treffen freute. Wir hatten uns zwei Jahre nicht gesehen und er war sauer. Das hat mir weh getan, ich zeigte es aber nicht. Ich betrachtete Mihail nachdenklich, er hatte eine materielle Einstellung, ihm war nichts wichtiger als Geld. Ich erzählte ihm dann, was ich alles erlebt hatte.

 Ich weinte und wartete auf sein Mitgefühl. Doch ihn ließ mein Schicksal kalt. Kein Mitleid oder Traurigkeit über unsere schwierige Zeit. Ihm war das Ganze egal. Ich war sprachlos vor Enttäuschung. Meinen Sohn interessierte es nicht, dass ich Krebs hatte. Ich war furchtbar verletzt, wollte ihm das aber nicht zeigen. Ich wusste nur, dass ich ihm nicht mehr helfe und er kein Geld mehr von mir bekommt. Ich erklärte ihm, dass wir in Deutschland schwierige Zeiten erlebt hätten, und ich ihm deshalb wenig geben könne. Daraufhin schrie er mich an und ich bekam Angst. Er wollte nur mein Geld, ihn interessierte nichts anderes. Nach unserem Abschied wusste ich nicht, wann ich meinen Sohn wieder sehen würde. Ich war schockiert und ich hatte keine Kraft mehr. Warum sollte ich mir um die Menschen Sorgen machen, denen ich nichts wert war? Ich entschloss mich, meinen gesamten Besitz im Teslić zu verkaufen. Mein Sohn hatte mir erklärt, er würde nie nach Teslić kommen. Ich wollte vom Erlös meine Schulden bezahlen und in Ruhe alt werden.

Während dieser Reise besuchte ich nochmals meine Schwester Zorica. Sie wollte von mir wissen, wie es meinem Sohn ginge. Es sei alles in Ordnung, erklärte ich ihr. Sie dachte, ich hätte ihm einen Haufen Geld gegeben und war deshalb beleidigt mit mir. Nach den Feiertagen reiste ich zurück nach Deutschland. Ich weinte und fragte mich, wo ich im Leben stand und erinnerte mich daran, was ich alles erlebt hatte. Zurück in unserer Wohnung, erzählte ich Max über meine Begegnungen. Außerdem telefonierte ich mit meiner Freundin Hana über die Enttäuschungen. Sie reagierte traurig und fühlte mit mir. Ich solle so weiterleben, wie es jetzt war, ermutigte sie mich. So habe ich es gemacht.

Danach meldete ich mich ab und zu bei meinem Sohn und manchmal haben wir uns Nachrichten geschrieben. Mit der Zeit fing ich wieder an, ihm Geld zu schicken, obwohl ich unser Treffen in Sarajevo nicht vergessen konnte. Leider merkte ich nach einer Weile, dass sich meine beste Freundin von mir distanzierte. Vielleicht hatte sie Probleme, vermutete ich, und hoffte, dass sie sich bald melden würde. Ich bekam auf meine Nachrichten kaum eine Antwort, vielleicht hat sie keine Zeit, überlegte ich mir. Irgendetwas für mich Unerklärliches hatte sich verändert in unserer Freundschaft. Ich war traurig darüber und wollte mit ihr sprechen, weil mir noch immer wichtig war. Während wir telefonierten, beteuerte sie mir, dass alles in Ordnung sei und dass sie einen Kurs als Kindererzieherin machen würde, weil ihr Bruder und seine Frau einen Kindergarten eröffnen wollten. Sie könnte dort helfen.

Ich fragte mich, wie sie das ohne Geld machen wollen. Wir hatten anschließend lange Zeit keinen Kontakt mehr. Sie war verändert, war nicht mehr die moderne Frau, die ich kannte. Sie schminkte sich nicht mehr und sie hatte ein anderes Verhältnis zum Essen bekommen. Ihr ging es nur ums Kalorienzählen und es gab keinen Alkohol mehr in ihrem Haus. Ihr Ehemann musste, weil er Alkohol trank, in einer anderen Wohnung leben. Sie lehnte es ab, meinen Mann kennenzulernen, ja sie wollte ihm nicht einmal die Hand geben. Ich spürte ihre Veränderungen, aber wollte sie deshalb nicht kritisieren. Ich wollte geduldig sein, obwohl sie mir tagelang auf meine Nachrichten nicht geantwortet hat. Anfang Juli habe ich sie angerufen und ihr erzählt, dass ich ein Buch schreiben werde. Ich musste wieder nach Bosnien reisen, weil mein Sohn dort sein würde. Meine Freundin meinte, dass sie zwei Wochen dort wäre. Aber als ich dort angekommen war und ihr geschrieben hatte, antwortete sie mir nicht. Jetzt begriff ich, dass sie nicht mehr meine Freundin ist. Von da an rief ich sie nicht mehr an, wartete aber doch insgeheim, dass sie sich meldet. Nachdem nichts kam, suchte ich sie an ihrem Arbeitsplatz. Man erzählte mir in der Firma, dass sie dort nicht mehr arbeiten würde. Auch in ihrer Wohnung traf ich sie nicht an. Viele Briefe steckten in ihrem Briefkasten und kurzerhand hinterließ ich auf einer Karte die Nachricht, dass ich sie besucht habe und dass sie sich melden soll. Verzweifelt erzählte ich Max von allem.

Meine Freundin versuchte mich danach tatsächlich anzurufen, jedoch war zu der Zeit mein Handy aus. Nachdem ich das bemerkt hatte, versuchte ich zurückzurufen, jedoch meldete sie sich nicht. Ihr Mann meinte, sie seien zusammen verreist gewesen und es sei alles in Ordnung. Und sie würde arbeiten. Er wusste nicht, dass wir keinen Kontakt mehr haben. Meine Freundin meldete sich am folgenden September, sie war distanziert und kalt. Ich merkte, dass sie nicht mehr die alte Person ist und dass sie unter einem Einfluss von jemandem steht. Zu ihrer Reise nach Bosnien, im Oktober, wünsche ich ihr alles Gute. Bis heute habe ich nichts mehr von ihr gehört oder gesehen.

Sie hatte keine Zeit mehr für mich, nach 24 Jahren Freundschaft. Ich brauchte sie und sie war nicht da. Sie wusste, dass ich immer für sie da bin, weil ich nicht vergessen konnte, was wir alles gemeinsam erlebt haben. Auch ihr wünsche ich Erfolg im Leben. Ich muss meinen Kampf weitermachen, ohne sie.

Dieses Buch ist meine Therapie. Ich versuche damit alles Schlechte und Schlimme, was ich erlebt habe, zu vergessen. Ich wünsche mir, dass die Leute, die dieses Buch lesen, etwas lernen: Schmerz und Trauer können krank machen. Wir müssen immer jemanden finden, mit dem wir über alles sprechen können, erzählen, was wir auf dem Herzen haben! Mit meiner Biografie möchte ich mein Herz heilen.

Der Glaube an den lieben Gott ist für mich fester geworden, weil nur er mir beständig geholfen hat, alles zu besiegen. Ich bin froh, dass ich heute wieder Lebensmut spüre. Mein Ehemann Max ist froh, wenn er mich zufrieden sieht. Ich und Max haben niemanden mehr – wir haben nur uns, mit unseren Familien können wir nicht rechnen. Aber wir wünschen ihnen trotzdem alles Gute. Nur der liebe Gott war unser bester Freund, nur der lieber Gott hat uns beigestanden. Der liebe

Gott hat mir geholfen, als ich gesund und als ich erkrankt war, als ich arm und als ich reich war. Ich habe immer ein Zeichen bekommen, dass der liebe Gott da ist. Ich bin in diesem Vertrauen durchs Leben gegangen – ich habe gebetet und geglaubt. Ich bin zufrieden mit dem, was ich habe. Ich wollte nie im Leben reich sein, auf dass mich niemand beneidet. Mir war es immer wichtig, dass ich anderen helfen kann. Mein Ehemann war froh über meine Einstellung. Ich verlangte nie von ihm, dass er mir teure Sachen kauft, und er hat unser Geld nie in den Kneipen gelassen.

Wir sind mit dem Notwendigsten zufrieden und meiden Streit. Ich konnte mit Max stets über alles reden. Und er ist immer glücklich, wenn ihn zu Hause ein warmes Essen erwartet und er dazu ein Bier oder einen kleinen Schnaps genießen kann. Ich bin dankbar dafür, dass ich nicht, wie anderen Frauen, abends lange auf ihn warten muss. Er möchte, dass es mir gut geht und dass ich froh bin. Dafür tue ich alles, was er braucht. Wir sind in vielen Dingen zusammen, haben einen ähnlichen Charakter und gleiche Werte. Und wir mussten beide manche Widrigkeiten im Leben überstehen. Wir haben viel verloren und zum Glück gemeinsam vieles wieder aufgebaut.

Das Leben ist ein endloser Kampf. Der Glaube an den lieben Gott hat uns immer begleitet, hat uns immer Kraft gegeben. Der liebe Gott hat uns am Ende zusammengebracht und nur der liebe Gott kann uns trennen.